Charbel Gauthe

# Von Weitem gekommen

Bibliografische Information der Deutschen Nationalbibliothek:
Die Deutsche Nationalbibliothek verzeichnet diese
Publikation in der Deutschen Nationalbibliografie;
detaillierte bibliografische Daten sind im Internet über
http://dnb.dnb.de abrufbar.

Lektorat, Korrektorat: The Editing Enterprise
www.the-editing-enterprise.com
Herstellung und Verlag: BoD – Books on Demand,
Norderstedt

ISBN: 978-3-7448-9353-4

## Der Pass und die Genehmigung

»Also Herr Wanilo, Ihr Antrag auf ein Visum ist genehmigt worden. Das Visum wird erst einmal für drei Monate erteilt und wird dann in Deutschland verlängert.«

»Oh schön, das freut mich sehr!«

»Kommen Sie bitte morgen um acht Uhr dreißig ins Konsulat, um Ihre Unterlagen abzuholen!«

»Okay, alles klar, danke!«

»Herr Wanilo, darf ich Ihnen etwas sagen?«

»Ja, bitte.«

»Die Stadt…, ähm… ich meine Bielefeld.«

»Ja?«

»Die gibt es nicht.«

»Wie bitte?«

»Die kennt keiner.«

Die Worte des Botschaftsbeamten klangen in meinen Ohren wie ein leeres Bierfass, das auf dem Oktoberfest in München gerade ausgetrunken worden ist und gerollt wird. Ich konnte ihm nicht glauben. Nachdem ich aufgelegt hatte, fragte ich mich, wieso ich dann ein Visum nach Bielefeld bekomme, wenn es die Stadt nicht gibt?

Am nächsten Tag war ich früh aufgestanden, um nicht zu spät zu meinem Termin bei der deutschen Botschaft zu kommen. Der Himmel war hell wie ein Kristall. Kaum begann die Sonne ihre dreizehnstündige tägliche Reise, als ich mein Zuhause verließ. Ich musste mein Motorrad zwei Minuten lang schieben und dabei den Motorstarter im Zwei-Sekunden-Takt drücken, damit der Motor anging, weil ich keine Antriebskurbel mehr hatte. Die war bei einem Unfall kaputtgegangen. Da ich den Unfall aufgrund defekter Bremse verursacht hatte, hatte ich keine neue bekommen, sondern musste den während des Unfalls zerbrochenen Blinker meines Opfers bezahlen.

Das Opfer war eine Frau und mit Frauen sollte man sich lieber nicht anlegen, sagte mein Vater. Zumindest nicht mit der, in deren Motorrad ich hineingefahren war. Nach dem Aufprall stieg sie so schnell von ihrem Moped, dass ich überhaupt keine Zeit hatte, festzustellen, was ich angestellt hatte. Durch den Aufprall tat mir meine rechte Ferse weh, da ich vergebens die Bremse gesucht und dann die Fahrbahn als Bremse benutzt hatte. Als sie auf mich zukam, tat ich, als ob mein Fuß gebrochen wäre und fing an, nach Schmerzen zu suchen, wo sie nicht waren. Ich war so ungeschickt, dass die Dame es bemerkte und sie fing an, mich anzuschreien, als hätte ich ihr ganzes Vermögen zerstört. Ich begriff die Situation, stand auf und fing auch an, sie anzuschreien. Denn das war nun eine fifty-fifty-Situation. Die Tatsache, dass ich es war, der den Unfall verursacht hatte, spielte jetzt keine Rolle. Wichtig war, aus der Situation herauszukommen und dies möglichst ohne finanziellen Schaden.

Ich hatte sowieso Geld dabei, so viel Geld, dass ich der Dame ein neues Motorrad hätte schenken können. Aber die Regeln waren anders. Jeder kämpfte für sich selbst. Einmal Opfer, immer Opfer. Die junge Dame hatte aber ein eisernes Argument. Sie meinte, dass ich von hinten gekommen sei und sie hätte sehen müssen, als sie an der Ampel anhielt. Für sie war klar, dass ich der Schuldige war und ich deswegen ihren Blinker bezahlen müsse. Zumal der Blinker original aus China war.

Inzwischen hatten sich viele Leute um uns herum versammelt. Einige hatten die Szene gesehen. Andere wollten nur den Aufprall gehört haben. Noch andere hatten nichts gesehen. Je mehr wir uns anschrien und diskutierten, desto weniger verstanden wir uns, die Dame und ich. Als das alles anfing, mir lästig zu fallen, entschied ich mich, den verdammten aus China stammenden Originalblinker zu bezahlen. Ich hob mein Motorrad hoch und schob es von der Fahrbahn. Dann zog ich mein Portemonnaie aus der Hosentasche und gab der Dame zwei Scheine. Diese riss sie mir aus den Händen und sagte, die würden überhaupt nicht reichen und ich sollte genauer in das Portemonnaie gucken. Ich war so wütend, dass ich ohne zu gucken drei weitere Scheine herausholte und sie ihr gab. Wir waren nur noch zu zweit und sie wollte wissen, woher ich das ganze Geld hatte… Als ob das ihr Problem wäre.

Nachdem ich mein Portemonnaie wieder in meine Hosentasche gesteckt und mein Motorrad erneut durch Schieben gestartet hatte, fuhr ich los. Ja, ich fuhr los, ohne Bremse. Aber diesmal fuhr ich etwas langsamer und vorsichtiger. Ich wollte ja nicht das ganze Geld unterwegs verschenken.

Der Weg war lang und mühsam. Es war Regenzeit und die Fahrbahn war überschwemmt. Ab und zu musste ich meine Füße hochheben, damit sie nicht nass wurden, wenn ich durch eine Wasserlache fuhr. Das machten fast alle hier. Trotz all dieser Mühe gab es immer einen *Connard*, der einen mit Vollgas überholte und die ruhigen Wassertropfen zum Trocknen auf unsere Kleider schickte.

Derjenige wurde aber sofort mit Beschimpfungen gesegnet und zur Hölle geschickt. Und der Verkehr nahm seinen lauten Lauf wieder auf, bis ein anderer *Connard* zur Hölle geschickt wurde.

Und so fuhr ich bis zur Ampel gegenüber der deutschen Botschaft. Sie war rot. Also hielt ich an. Die deutsche Botschaft befand sich am Rande der Straße. Das Haus war gelb gefärbt und mit Stacheldrähten umringt. Ich konnte von der Ampel aus die automatische Tür des Besuchereingangs und das grüne breite Glasfenster sehen, durch das die Wärter einen fragen, was man will.

Ich erinnere mich noch an jenen Tag, an dem ich eingeladen worden bin, um einen Deutschtest für die Vorauswahl zu einem Stipendium abzulegen. Der Wachmann, der auch der Empfangschef war, schaute mich durch das Glasfenster an und fragte mich, was ich da wolle. Ich sagte, dass ich für den Test gekommen war.

»Welchen Test?«, erwiderte er.

»Den Deutschtest!«, antwortete ich und zeigte ihm meine Einladung.

Er warf einen zögernden Blick auf das Papier und drückte auf einen Knopf, um die Tür zu öffnen. Ich ging hinein und befand mich direkt vor einem Schalter, der mit einem Glasfenster verriegelt war. Der Empfangschef fragte mich nach meinem

Ausweis. Den holte ich aus meiner Tasche, wusste aber nicht, wie ich ihn ihm reichen sollte, da zwischen ihm und mir eine dicke Glasbarriere war. Als er merkte, dass ich verzweifelt zu sein schien, zog er eine Kurbel zu sich, die vor ihm war und ein Schubfach knallte gegen die vordere Wand des Schalters. Erst in diesem Moment bemerkte ich, dass sich ein Loch in der Mitte des Schalters befand. Ich war von der Technik so fasziniert, dass ich meinen Ausweis fünf Sekunden lang fest in meiner Hand hielt und in die Schublade schaute, bis die raue Stimme des Mannes mich dazu aufforderte, ihn hineinzuwerfen. Das tat ich und er drückte die Kurbel diesmal in meine Richtung und das Fach war beim ihm.

Nachdem er meine Identität kontrolliert hatte, kam er mit einem Handscanner zu mir. Dann forderte er mich auf, meine Sachen auf den Boden zu legen und die Hände zu strecken. Mit dem Handscanner inspizierte er mich von Kopf bis Fuß. Ich war »sauber«. Bevor ich weiterging, musste ich meine Tasche bei ihm liegen lassen und durfte nur ein Heft und einen Kugelschreiber mitnehmen. Dann gab er mir einen Besucherausweis, den ich um den Hals legte und zeigte mir den Weg zum Hauptgebäude der Botschaft. Ich ging durch einen gut gepflegten Garten mit grünem Rasen und einem Kokosnusspalme in der Mitte. Ich konnte spüren, wie reif die Kokosnüsse waren und bedauerte, dass keiner sie pflückte. Allein dieser Gedanke machte mich durstig.

Einmal in dem Hauptgebäude angekommen, musste ich wieder zu einem Schalter, hinter dem sich ein kleiner Mann befand, der mich noch einmal danach fragte, was ich hier wolle. Und wieder musste ich ihm erklären, dass ich den Deutschtest ablegen wolle. Er zeigte auf eine Tür, die sich hinter mir befand und bat mich, im Wartezimmer Platz zu nehmen.

Den Test hatte ich bestanden, schied aber in der letzten Auswahlphase aus, aus Gründen, die ich bis heute nicht weiß.

Heute, zwei Jahre danach, musste ich wieder in die deutsche Botschaft. Diesmal wollte ich aber zum Konsulat, das sich hinter der Botschaft befand, weil ich mein Visum abholen wollte.

Ich hielt also an der Ampel an, weil sie rot war. Beim Anhalten spürte ich Wassertropfen auf meiner Haut. Mein Kopf drehte sich und suchte den *Connard*, den nächsten Kandidaten für die Hölle. Aber keiner war neben mir. Den Himmel sollte man lieber nicht zur Hölle schicken, weil da Gott lebt. Ich suchte also schnell in meiner Tasche meinen Regenmantel. Aber da war nichts. Ich konnte es nicht fassen. Wie konnte ich ihn vergessen? Gestern hatte ich ihn doch in meine Tasche gesteckt! Und heute war ich doch mit dem rechten Fuß aus dem Bett gesprungen. Ich schwöre es! Ich hatte darauf geachtet. Und das sollte Glück bringen. Wieso passiert mir dann all das?

Es blieb mir nur eine einzige Lösung übrig: über die rote Ampel zu fahren. Aber sie war rot! Ich überlegte kurz: nein, ein solcher Mensch bin ich nicht. Selbst wenn ich versucht hatte, eine Dame zu täuschen, die Opfer meines Unfalls war - und das taten alle hier – selbst wenn ich einen *Connard* zur Hölle geschickt hatte - und das taten auch alle hier – selbst wenn ich all das gemacht hatte, konnte ich nicht einfach über eine rote Ampel fahren. Nein, das konnte ich nicht. Ich war ein guter Bürger. Ich würde sogar sagen, dass ich ein vorbildlicher Bürger war. Ich sollte geehrt werden. Ich war noch nie in meinem ganzen Leben über eine rote Ampel gefahren und das werde ich auch jetzt nicht machen. Also blieb ich stehen.

Diese Ampel hatte aber den schlechten Ruf, die rote Farbe nicht schnell loszuwerden. Das rote romantische Abenteuer dauerte also eine Weile. Und ich habe lange gewartet.

Obwohl Regenzeit war, kam das Wasser wie aus dem Nichts plötzlich herunter. Und zwar in so einer Masse, die ich mir nie hatte vorstellen können. Es war, als ob Mutter Natur mir meine letzte Dusche vor meiner Reise geben wollte. Man duscht aber nicht angezogen. Und zwar nicht mal so, wie ich angezogen war. Das sollte Mutter Natur wissen.

Ich trug ein graues aus Leinen angefertigtes Hemd. Es war mein Lieblingshemd. Meine schwarze Hose hatte ich bis zum Knie hochgerollt, damit sie nicht nass wurde. Das war aber vergebliche Mühe, denn ich war nass wie ein Pudel. Meine Augen waren rot und hatten sich in die Augenhöhlen zurückgezogen, sodass ich nur noch aus einem reduzierten Blinkwinkel die Welt um mich herum sah. Ich zitterte am ganzen Körper, als ob ich von einer Elektroschockpistole getroffen wäre. Ein Glück, dass ich am Tag zuvor den Ordner mit meinen Unterlagen in eine schwarze Tüte gewickelt hatte. Sonst hätte ich alles verloren. Der rechte Fuß von jenem Tag hatte mir geholfen.

Als die Ampel endlich grün war, merkte ich es nicht sofort, so lange hatte ich auf sie gewartet. Grün schien mir in dem Moment rot zu sein. Als ich noch hoffnungsvoll auf grün wartete und nicht weiterfuhr, wurde ich von tausenden Hupen und Beschimpfungen aus meinem Farbenschlaf geweckt. Ich stieg überrascht vom Motorrad, dessen Motor längst aus war, überquerte die Straße und schob es bis zur Tür des Konsulats, das sich auf der hinteren Seite der Botschaft befand.

Mit schwankendem Schritt ging ich auf den Wärter zu. Sein Häuschen hatte ein Fenster, das auf die Straße hinausging, sodass er mit Besuchern sprechen konnte, ohne dass diese in das Gebäude kamen.

»Guten Morgen, Monsieur!«, sagte ich.

Er tat, als hätte er mich nicht gehört. Ich wiederholte respektvoll meinen Gruß.

»Guten Morgen, Monsieur!«

Da schaute er mich von Kopf bis Fuß an und vergaß mich wieder. Ich fuhr aber fort:

»Monsieur, ich habe einen Termin um acht Uhr dreißig.«

Erst dann öffnete er das Fenster und streckte seine linke Hand in meine Richtung. Wenn die Bewegung bedeutete, dass er meinen Ausweis wollte, deutete die linke Hand auf die Erniedrigung meiner Person hin. Aber in dem Moment spielte das für mich keine Rolle. Ich öffnete schnell meine schwarze Tüte und holte meinen Ausweis heraus. Das war jedoch zu langsam für den Wärter. Als ich meine Hand aus der Tüte zog, war das Fenster schon zu. Ich hätte ausrasten, schreien, schimpfen, ihn für immer in die Hölle schicken können. Für wen hielt er sich? Ich war zwar nass und sah wie ein Schwein aus, aber ich hatte noch alle Tassen im Schrank. Meine Wut ballte sich in meiner linken Faust und ich riss mich zusammen.

»Monsieur, hier ist mein Ausweis. Es tut mir leid, aber da es regnet, hatte ich ihn in meine Tasche gesteckt, damit er trocken bleibt. Monsieur, bitte nehmen Sie ihn. S'il vous plaît!«

Wie ich es schaffte, das alles zu sagen, wie ich es schaffte mich so demütigen zu lassen und wie ich dabei noch ein Lächeln fand, das wusste nur mein rechter Fuß. In diesem Moment dachte ich an die Worte meiner Oma. Meine Oma sagte mir immer, dass es keine Situation gäbe, in der man sich nicht zusammenreißen könne. Es gäbe auch keine Situation, die einen zum Ausrasten bringen könne. Wir könnten uns über alles ärgern oder uns über alles freuen. Was wir täten, wäre uns allein überlassen.

Nach meinen Worten nahm sich der Wärter Zeit, um das Fenster zu öffnen. Ich streckte ihm mit zitternder Hand meinen Ausweis entgegen. Er warf einen Blick darauf und fragte:

»Und du willst ein Visum beantragen?«

»Das habe ich schon gemacht. Ich möchte….«

»Willst du ein Visum beantragen, ja oder nein?«

»Nein, Monsieur«,

»Und was willst du?«

»Ich wollte es nur abholen.«,

»Hast du schon die Bestätigung, dass dein Antrag genehmigt worden ist?«

»Ja, Monsieur, daher der Termin.«

Er schaute auf mich, als ob ich seine Zeit vergeuden würde. Ich konnte ihm nicht in die Augen schauen, denn das war respektlos und würde die Situation nur noch verschlechtern. Mir genügte es, ihn auf der Fensterscheibe zu betrachten, in der sich sein Gesicht spiegelte. Ich konnte nur die rechte Seite seines Gesichts sehen. Das Bild war echter als er selbst. Eine originale Kopie von ihm. Ich konnte seine dicke Nase mit den zwei großen Löchern beobachten. Damit lüftete er die Lungen in seiner großen Brust und hatte bestimmt noch Reserven für vierundzwanzig Stunden. Er hatte eine Narbe auf der Wange. Bestimmt eine, die in manchen Kulturkreisen zur Kennzeichnung der Familie verlangt wurde. Ich guckte noch einmal genauer hin. Nein, er war nicht einer von meinem Stamm. Seine Ohren passten ganz und gar nicht zum Rest des Gesichts. Sie waren so klein und schmal, dass eine Ameise sich quetschen müsste, um hinein zu passen. Ich verstand jetzt, warum er mich nicht hörte, als ich ihn begrüßte.

Als er merkte, dass ich ihn durch die Fensterscheibe anstarrte, zog er sich in seinen Stuhl zurück und verschwand komplett von der Scheibe. Da merkte ich, wie klein er war. Nach einer Ewigkeit tauchte er wieder auf und reichte mir meinen Ausweis. Dann hörte ich das Tor des Konsulats knarren und sich öffnen. Ich schaute den Wärter an und schaute wieder zum Tor, das jetzt weit geöffnet war. Als ich meine Augen wieder auf ihn richten wollte, schrie er mich an:

»Kommen Sie rein! Glauben Sie, ich mache das Tor für Geister auf?«

Ich zuckte zusammen und ging schnell zum Tor. Als ich in das Konsulat hineinging, war ich so wütend auf ihn, dass ich direkt zum Warteraum ging, ohne mich bei ihm zu bedanken. Mir fiel aber auf, dass er mich gesiezt hatte. Hm. Soll ich ihm nun verzeihen? Nein.

Ich war noch nass und nach fünf Minuten schnatterte ich immer noch vor Kälte. Es war sehr kalt in dem Raum. Ich dachte, ich wäre bereits in Deutschland. Das war ich doch, oder? In Deutschland, beziehungsweise auf deutschem Boden. Und die vom Konsulat wollten, dass ich es schon jetzt spürte. Ich wusste, dass die Kälte in Deutschland nichts mit der Kälte hierzulande zu tun hatte. Wir hatten im Dezember manchmal zwanzig Grad. Da musste man sich sehr warm anziehen.

Im Warteraum des Konsulats blieb ich lieber stehen. Die Atmosphäre war wie in einer Arztpraxis. Die einen wollten eine Konsultation und vielleicht Untersuchungen unterzogen werden. Die anderen hatten schon das Ergebnis der Untersuchungen, die Diagnose, und wollten nun ein Rezept bekommen. Ich zum Beispiel.

Vor mir waren vier Leute. Darunter zwei, die nicht aus meinem Land stammten. Der Akzent, den sie beim Französisch sprechen hatten, verriet sie. Und sie waren laut. Beide trugen kurze Hosen und große Armbanduhren. Allein ihre Uhren hatten den Wert von fünf oder sechs Monaten Arbeit als Taxifahrer in meiner Heimat. Sie trugen auch Hüte und kauten Kaugummis. Und einer von ihnen, der größte, hatte es sogar gewagt, mit entblößter Brust in ein Konsulat zu kommen. Wenn bloß seine Brust schön wäre. Die Haare waren ungleichmäßig auf die Brust verteilt und sahen wie ein von Elefanten gejätetes Maisfeld aus. Außerdem wuchsen sie bis zum Hals hinauf, sodass sich die Halskette herauskämpfen musste. Ich glaube, ich höre lieber mit der Beschreibung auf. Aber eine Frage blieb mir im Kopf: Wie hatten sie es geschafft, hier hereingekommen? Hatten sie den Wärter, den ich getroffen hatte, auch getroffen? Hm. Dann gab es ein Problem. Aber was interessiert mich das? Ich wollte nur mein Visum abholen und mir sollte es egal sein, mit wem ich auf den Aufruf wartete.

»Nein!«, hörte ich in meinem Inneren.

Es war meine innere Stimme. Und ich liebte sie. Früher hatte ich sie gehasst, weil sie mir ständig folgte und mir sagte, was ich zu tun hatte. Inzwischen hatte ich gelernt, sie zu kontrollieren. Sie macht nun alles, was ich ihr empfahl, oder zumindest fast alles. Und ich machte auch fast alles, was sie mir sagte. Also beobachtete ich die Menschen im Konsulat weiter.

Ich persönlich würde dem Mann mit den Haaren auf der Brust kein Visum geben. Er sollte sich erst mal anständig anziehen. Er und sein Begleiter sprachen über Business und über Amerika. Der eine wollte nach Amerika und der andere versuchte ihn zu überzeugen, dass Deutschland die bessere Wahl sei. Amerika sei überlastet und es würde bald keine Investitionsmöglichkeit mehr geben. Und er sprach von einem Bekannten von ihm, der einen anderen Bekannten von ihm kannte, der es in Amerika nicht geschafft hätte. Ihre Diskussion langweilte mich.

Die anderen zwei »Patienten«, waren eine ältere Dame und ihre Tochter. Diese war ungefähr so alt wie ich und war das hübscheste Wesen, das ich je gesehen hatte. Sie hatte eine sehr dunkle Haut und grüne Augen. Bestimmt ein Sprössling aus einer Mischung von Pfefferminztee und schwarzem Tee. Ihre langen, lockigen Haare fielen ihr ständig ins Gesicht und sie musste sie mit ihrem Zeigefinger zur Seite wischen. Aber mit so einer Eleganz, dass einem das Herz klopfte. Ich war so fasziniert, dass ich sie anstarrte. Das Gefühl hatte sie auch und drehte sich zu mir.

Mein Herz war am Boden und ich wollte mich verstecken. Ich war so verstört, dass sich meine Augen nicht mehr bewegten und wir uns jetzt anstarrten.

Ich nutzte die Gelegenheit und inspizierte ihr Birnengesicht. Eine Kleopatra-Nase, weichherzige, gut gewürzte und gepflegte Wangen, herzhafte mit einem Aloe Vera-Stift überzogene Lippen. Als ich ihre Stirn inspizieren wollte, runzelte sie sie. Auf das Runzeln antwortete ich mit einer uninteressierten Miene. Frauen mögen es nicht, wenn man so tut, als ob sie nicht hübsch und sehenswert wären.

In diesem Augenblick kam ein Beamter aus einem der Büros und rief den Namen ihrer Mutter. Diese stand auf und meine Süße folgte ihr. Bevor sie mit ihrer Mutter in das Büro verschwand, streckte sie, immer noch mit einem Runzeln, ihre

Zunge in meine Richtung. Diese war rosa. Bis heute weiß ich nicht, wie sie aussieht, wenn sie schläft.

Ich musste ganze zwei Stunden darauf warten, dass ein Beamter oder eine Beamtin des Konsulats herauskommt und mich darum bittet, ihm oder ihr zu folgen.

Beim Warten stellt man sich alle Szenarien vor. Ich überlegte mir, was passieren würde, wenn ich doch kein Visum bekommen hatte. Der Beamte, der mich angerufen hatte und mir die Nachricht mitteilte, könnte sich vertan haben. Sollte ich kein Visum bekommen haben, so würde ich nach den Gründen fragen, die Absage aber trotzdem hinnehmen müssen. Dann würde ich mich verabschieden und mir schwören, hier nie wieder hinzukommen.

Mein Vater, der mich während ich wartete mehrmals angerufen hatte, um zu wissen, wie das Gespräch gelaufen war, würde sich ärgern und darauf beharren, dass ich zurück in das Konsulat gehe und das Handy dem Beamten gebe, damit er mit ihm sprechen könne. Und so wie ich meinen Vater kannte, wäre es keine gute Idee, den armen Angestellten mit ihm zu konfrontieren. Das würde nur dazu führen, dass ich niemals ein Visum bei irgendeinem Konsulat bekäme.

Meine Mutter würde nur noch weinen und Gott fragen, was sie ihm angetan habe. Und ob er ihre Gebete nie erhören würde. Danach würde sie trotzdem eine Kerze für mich anzünden und neun Tage lang den lieben, allmächtigen Gott darum bitten, die Herzen der Konsulatsmitarbeiter mit Mitleid zu füllen. Mein Vater war ein herrschender König, meine Mutter eine fromme Königin. Beide ergänzten sich.

Nach zwei Stunden endlich ging die Tür eines der Büros auf. Ich hörte meinen Namen, konnte aber niemanden sehen. Als ich aufstand und zu der Tür gehen wollte, kam eine Frau raus und bat mich hereinzukommen.

Ich ging hinein und bemerkte sofort, wie groß das Büro war. Da war ein großer, brauner rechteckiger Tisch mit vielen gestapelten Ordnern darauf. Neben den Ordnern standen ihr Computer und ein Drucker. An der Wand hinter der Beamtin standen drei große schließbare Regale, die von A bis Z durchnummeriert waren. Ich suchte den Buchstaben W, mit dem mein Nachname begann. Als ich ihn fand, spürte ich ein leichtes Beben in meinem Bauch. Ich hatte Angst.

Die Tür knallte zu und ich wurde gebeten, mich auf einen der vor dem Tisch stehenden Stühle hinzusetzen. Ich setzte mich auf den Stuhl, der rechts stand.

Die Luft hier drin war wärmer als im Wartezimmer und die Beamtin war leicht bekleidet. So wie wir es in den Fernsehserien aus Europa sahen. Sie war blond und hatte braune Augen und eine sehr lange Nase. Wenn sie lächelte, sah sie wie meine Grundschullehrerin aus. Und ich mochte meine Grundschullehrerin nicht.

»Also Herr Wanilo, wie geht es Ihnen?«, fragte sie mich.

»Mir geht es sehr gut, danke und Ihnen?«, antwortete ich lächelnd.

»Auch gut. Ich habe Ihren Visumsantrag bearbeitet und alles sieht gut aus. Wie mein Kollege Ihnen sicherlich mitgeteilt hat: sie bekommen das Visum. Herzlichen Glückwunsch!«

»Danke schön. Das freut mich.«, sagte ich und vergaß sofort meine Szenarien.

»Okay, also ich brauche hier und hier eine Unterschrift von Ihnen.«, fügte sie hinzu und reichte mir zwei Dokumente.

Ich unterschrieb sie. Danach gab sie mir meinen Pass zurück, in den das Visum geklebt war. Ich konnte ihn nicht öffnen. Ich wollte es erst draußen machen, wenn ich allein war. Sie packte meinen

Ordner in das Regal und schloss kräftig die Schranktür.

»So, haben Sie Fragen, Herr Wanilo?«

»Ähm, nein.«

»Alles klar, dann wünsche ich Ihnen eine gute Reise und viel Erfolg für Ihr Studium.«

»Danke schön. Ich wünsche Ihnen einen schönen Tag.«

»Danke!«

Als ich aus dem Büro hinausgehen wollte, bemerkte ich ein Bild des Bundespräsidenten, das über der Tür hing. Ich lächelte ihn an und dachte innerlich: bis bald.

»Wenn du wissen willst, wie die Geschäft auf dem Markt laufen, musst Du dorthin gehen.«

*Sprichwort aus Äthiopien*

## Dem Auge fern, dem Herzen nah!

Am Vortag meiner Reise hatten meine Cousinen und Cousins ein Überraschungsfest für mich vorbereitet. Die Männer hatten Getränke gekauft, die Frauen gekocht. Ich hatte mich schon gefragt, wo unser Hahn war, als ich ihn am Morgen nicht krähen hörte. Seine Schenkel lagen leider - oder besser gesagt zu unserer Freude - in einem Topf zwischen Erdnusssoße, Pfefferschoten und Zwiebeln und den Schenkeln seiner beiden Frauen.

Man hatte sie getötet, um sich von mir zu verabschieden. So gesehen war es natürlich grausam, denn warum mussten andere leiden, weil ich wegfuhr? Arme Seelen. Deswegen sagten wir einfach, dass ihr Tod die glückliche Botschaft meiner Reise nach Deutschland feiern sollte. Und ich bekam die Ehre, zwei Schenkel essen zu dürfen. Dabei dachte ich gar nicht an ihren Tod. Und das ist gut so.

Das Haus war voll. Alle waren gekommen. Fast alle: die acht Kinder der älteren Schwester meiner Mutter und meine drei Brüder, die mit meiner Mutter in die Hauptstadt gekommen waren, um mich zum Flughafen zu begleiten. Mein Vater konnte nicht kommen, weil er auf Reise war. Ebenfalls kamen die fünf Kinder der dritten Tochter meiner Großmutter, die vier Kinder der vierten Tochter und die zwei Kinder der letzten. Meine Großmutter hatte nur Töchter. Ich nenne sie hier meine Tanten. Aber das dürfte ich eigentlich nicht. Für uns waren sie alle unsere Mütter und wurden gleichbehandelt. Sie alle hatten gegenüber uns genau die gleichen Rechte wie unsere leiblichen Mütter. Und ich spreche hier von der Erziehung. Manchmal tauschten uns unsere Mütter unter sich, damit wir von allen ein Stück Erziehung abbekamen. Das gefiel uns nicht immer. Denn es gab immer eine Tante, die übertrieb, und bei der man nicht immer sein wollte. Aber letztendlich liebten wir sie alle.

Also, meine Brüder und Schwestern – eigentlich Cousins und Cousinen – waren alle da. Das Fest war nur für uns gedacht. Der Älteste von uns allen ergriff zu Beginn das Wort und sagte:

»RUHE! Ich möchte etwas sagen.«

Während wir uns alle über seine Art und Weise, Ruhe zu verlangen, ärgerten, räusperte er sich und fuhr fort:

»Sehr geehrte Brüder und Schwestern, …«

Dann konnte er nicht weitersprechen, weil ihn Gelächter daran hinderte.

»Sind wir hier auf einer Konferenz?«, schrie einer in die Runde.

Aber unser älterer Bruder tat, als ob das ihn nicht störte und sprach Worte, die mir bis heute folgen.

»Sehr geehrte Brüder und Schwester, Zeiten kommen und gehen, ohne, dass wir merken, dass uns graue Haare wachsen. Die Zeit aber wartet nicht. Die Zeit vergeht. Eigentlich gibt es keine Zeit. Ich würde sagen, es gibt nur die Tatsache, dass wir leben. Unser Bruder wird uns morgen verlassen und in ein Land gehen, von dem wir nur im Fernseher die schönen Häuser und Straßen, die Technologie und den Fortschritt sehen, in dem wir aber nicht mal einen Bekannten haben. Jetzt freuen wir uns, dass er dahin geht und uns neue Horizonte öffnet.

Lieber Bruder, deine Aufgabe ist groß. Klar hast du ein Stipendium und dein beruflicher Werdegang ist dir wichtig. Uns auch. Vergiss aber nicht, wo du herkommst. Vergiss nicht, dass wenn etwas über deinen Bart läuft, wird es dein Kinn berühren. Wir sind eins und diese Einigkeit, die wir bilden, verpflichtet dich dazu, von dir hören zu lassen. Ich will nicht viel reden, aber lass von dir hören. Du bist klug genug, um zu verstehen, was ich damit meine. Ich wünsche nicht, dass du fleißig lernst oder dich von dem Leben in einem reichen Land wie

Deutschland nicht stören lässt, denn diese Eigenschaften hast du bereits. Mach nur weiter so. Denn ohne Fleiß gibt es keinen Preis. Mögen der allmächtige Gott und unsere Ahnen dich begleiten und beschützen. Ich wünsche dir im Namen der ganzen Familie eine gute Reise und einen erfolgreichen Aufenthalt. Lasst uns feiern!«

Im Raum herrschte nun die Stille, die er sich zu Beginn seiner Rede gewünscht hatte. Alle waren still. Ich vor allem. Seine Worte, die er sehr deutlich und laut gesprochen hatte, klangen in meinen Ohren wie eine Lektion und gleichzeitig eine Mahnung. Nach einer kurzen Denkpause fingen alle wieder an zu reden und wir aßen und feierten bis spät in die Nacht.

Am darauf folgenden Tag, dem Tag meiner Reise, hatte meine mütterliche Großmutter, bei der ich wohnte, mein Lieblingsessen gekocht. Es waren Bohnen mit Palmöl. Dieses Gericht kann man entweder mit Brot essen oder mit Maniokmehl. Am besten schmeckt es mit Maniokmehl. Wer es wagt, nicht die Hände, sondern einen Löffel oder eine Gabel beim Essen dieser Mahlzeit zu nutzen, sollte in die Hölle geschickt werden.

Das Ritual, um dieses Essen zu genießen, ist folgendes: man muss sich erst einmal gründlich die

Hände waschen und sich hinsetzen. Am besten draußen an einen Ort, an dem einem die Luft durch die Poren in die Adern durchdringt. Nach einem Gebet, in dem man dem Allmächtigen für die wunderbare Speise dankt, nimmt man einen Teller und füllt ihn mit den heißen Bohnen. Beim Einschenken bitte darauf achten, dass man die rechte Hand benutzt und den Duft einatmet, um den Magen auf dieses göttliche Geschenk vorzubereiten. Danach mit Gefühl das Öl auf die Bohnen gießen und zusehen wie es verschmelzt.

Immer mit der rechten Hand das Maniokmehl erst einmal in der Mitte des Tellers verstreuen, dann am Rande. Zuversichtlich und motiviert das Ganze mischen. Dabei sollte man sich die Finger nicht ablecken. Zur Hölle mit den Leuten, die das machen, bevor sie überhaupt mit dem Essen beginnen. Ein bisschen Geduld muss man haben. Nachdem alles endlich gut gemischt ist, tief durchatmen und das Essen genießen.

Allein wegen dieser Mahlzeit und diesem Essritual, das einem die Tür der Gottesgnade öffnete, hatte ich keine Lust mehr, weg zu gehen. Ich wusste, dass in Europa nicht gegessen wird wie hier. Die Bohnen würden mir fehlen. Eigentlich wird mir einiges fehlen. In erster Linie meine Familie. Und ich spreche hier von der Großfamilie. Dazu gehören Onkel, Tanten, Cousins, Cousinen, Freunde. Ich werde sie alle vermissen.

Für meine Reise hatte ich von meinen Brüdern einen Koffer geschenkt bekommen. Einen zweiten Koffer kaufte ich selber auf dem größten Markt unserer Stadt. Dieser enthielt ausschließlich Essensgerichte. Ich weiß jetzt nicht mehr genau, was ich alles in dem Koffer hatte, aber ich hatte auf jeden Fall genug zu essen, um die ersten Monate in Deutschland zu überstehen. Es schien, als ob ich an die Front geschickt würde. Nur Teller, Töpfe und Besteck fehlten.

Ich hatte zwei große Tüten voll mit Maniokmehl, zwei Tüten Maismehl, eine Dose Tomatenbratensoße, vier Packungen Bohnen, ein Liter Palmöl und viele anderen Leckereien dabei. Alles war sorgfältig in eine Aluminiumfolie gewickelt und nach Größe und Zerbrechlichkeit sortiert. Meine Mutter erinnerte mich an meine Allergien und daran, dass ich nicht alles essen sollte, was man mir in Deutschland anbieten würde.

In dem großen Koffer waren meine Kleider und Schuhe. Ich hatte auf dem Flohmarkt Handschuhe, Schals und einen dicken weißen Mantel gekauft. Der Mantel war dick genug, um mich vor dem kältesten Winter zu schützen, meinte der Verkäufer.

Dass dies eine glatte Lüge war, würde ich erst in Deutschland merken.

Am Abend war ich sehr aufgeregt. Mein Flug ging um dreiundzwanzig Uhr. Ich konnte keine Minute sitzen bleiben. Ab und zu schaute ich auf die große Armbanduhr, die ich trug und zählte die Sekunden. Das Haus war voll und es gab laute Musik. Alle waren gekommen, um mich zum Flughafen zu begleiten. Eine Freundin von mir, die auch gekommen war, um mich zu verabschieden, merkte meine Nervosität. Sie kam zu mir und bot mir an, mit ihr zu tanzen. Ich nahm die Einladung an. Dann hielt sie sich an mir fest und wir fingen an, zu tanzen. Je länger wir tanzten, desto fester hielt sie sich an mir. Als das Lied zum Ende zu kommen schien, flüsterte sie mir ins linke Ohr: »Ich liebe dich.«

Meine Beine zitterten und ich verlor fast alle meine Sinne, als sie mich auf den Mund küsste. Ihre Lippen waren zart wie das Fleisch unseres Hahnes, das ich am Vortag gegessen hatte. Die oberen Lippen waren mit einem Erdbeerlippenstift geschminkt. Die unteren Lippen waren gut gegart und hatten einen Orangengeschmack.

Als das Flugzeug startete, merkte ich, dass mir diese Lippen am meisten fehlen würden. In dem

Moment, in dem diese Zeilen geschrieben wurden, küssten sie aber eine andere Person, an der sie Gefallen gefunden hatten, weil die Zeit, auf mich zu warten, lang war.

So ist das Leben halt.

»Man gibt seinem Kind bei der Rückkehr keine Anweisungen, sondern wenn es aufbricht.«
*Sprichwort aus Südafrika*

## Die Stadt, die es nicht gibt

»Meine Damen und Herren, in wenigen Minuten erreichen wir Frankfurt-Flughafen. Wir bitten Sie, sich anzuschnallen und bis zum Erlöschen des Signals angeschnallt zu bleiben.«

Ich erwachte aus meinem Halbschlaf und schaute auf meine Uhr. Es war vierzehn Uhr. Ich war seit zehn Stunden unterwegs. Der Flug war ganz gut. Ab und zu hörte man ein Kind schreien oder Passagiere lachen. Die Stewardessen waren sehr nett und mir wurden Essen und Getränke während des ganzen Flugs angeboten. Ich konnte nicht alles essen und trinken. Gegen neun Uhr war ich auf die Toilette gegangen, um meine Blase zu entleeren.

Als ich mich in dem Toilettenspiegel sah, kamen mir Tränen in den Augen. Eigentlich war ich hier, um meine Augenblase zu entleeren. Ich setzte mich auf die Klobrille und nahm meinen Kopf in meine Hände. Meine Tränen waren zu salzig und bitter. Ob ich vor Schmerz, vor Angst oder vor Freude weinte, das konnte ich nicht genau sagen.

Aber als ich aus dem Flugzeug hinausging und mich bei dem Personal am Ausgang bedankte, verschwand meine Trauer. Ich spürte das Leben in mir. Ich war sehr neugierig und sehr gespannt wie leichte Frauenunterwäsche beim Schleudergang in der Waschmaschine. Ich war gespannt auf das neue Leben, das mir bevorstand.

Ich befand mich jetzt in der Haupthalle des Flughafens und schaute mich um. Es herrschte viel Lärm. Alles, was sich bewegen konnte, bewegte sich. Alles drehte sich um mich herum. Ich stand in der Mitte der Halle und wusste nicht, in welche Richtung ich gehen sollte. Ich wusste nur, dass ich den Zug nach Bielefeld nehmen sollte. Doch wie kann man einen Zug zu einem Ort nehmen, der nicht existiert? Der Zug musste auch nicht existieren, oder? Die Worte des Botschaftsbeamten gingen mir noch einmal durch den Kopf. Eigentlich waren sie nie weg. Ich hatte sie während des ganzen Fluges wieder und wieder gehört. Bielefeld gibt es nicht. Bielefeld gibt es nicht…

Mein Empfangskomitee in Bielefeld, Frau Vidad, hatte mir nur gesagt, dass ich den Zug nach Bielefeld nehmen solle und dafür ein Ticket kaufen müsse. Sie sagte auch, dass sie am Bielefeld Hauptbahnhof um siebzehn Uhr auf mich warten würde. Ich war noch in meinen Gedanken, als ich sah, wie zwei Polizisten auf mich zukamen. Mein Herz schlug zweimal schneller. Ich spürte die Angst in mir.

»Guten Tag, hier die Flughafenpolizei. Benötigen Sie Hilfe?«, sagte der jüngste von den beiden mit einem Lächeln.

Um ehrlich zu sein, hatte ich nur drei Wörter verstanden: Guten Tag und Hilfe. Den Rest des Satzes hatte er so schnell gesprochen, dass selbst ein Intercity Express bei gleicher Geschwindigkeit langsam wäre. Zwar bin ich in der Fertigkeit Sprechen schwächer als beim Hören, Lesen und Schreiben der deutschen Sprache, aber ich hätte zumindest alles verstehen müssen, was der Polizist in einer Durchfallgeschwindigkeit gesagt hatte. Mein Deutsch war nicht so schlecht, als ich noch in meiner Heimat war. Nun hatte ich den Eindruck, alles vergessen zu haben. Vielleicht war es die Angst vor der Polizei.

In meiner Heimat wird ständig darüber geredet, wie die Polizei in Europa mit Ausländern umgeht. Und da hörte man Geschichten, die einem das Blut aus den Adern gefrieren ließen.

Die Polizisten waren aber sehr freundlich und wenn ich gut verstanden hatte, auch hilfsbereit.

»Guten Tag!«, antwortete ich leise und mit einem sehr starken Akzent. »Ich möchte nach Bielefeld fahren.«

»Nach Bielefeld?«, antwortete der andere Beamte, der einen Zweitagebart trug.

Ich wollte nicht, dass auch er mich von der Inexistenz der Stadt Bielefeld zu überzeugen versucht und sagte schnell:

»Ich möchte ein Ticket kaufen.«

Der jüngere Polizist, der die ganze Zeit lächelte, zog seine rechte Hand aus seiner Jacke und zeigte mir einen Ausgang, der sich fast am Ende der Halle befand.

»Gehen Sie geradeaus bis zum Ausgang sieben! Gegenüber der Rolltreppe befindet sich ein Deutsche-Bahn-Zentrum. Da können Sie ein Ticket nach Bielefeld kaufen.«

Ich freute mich, als er mit Gestik sprach, denn ich verstand seine Worte nur ein wenig. Nachdem ich mich bei den beiden bedankt hatte, ging ich zum genannten *Deutsche-Bahn-Zentrum*. Auf dem Weg dorthin suchte ich nach Gründen, warum die Polizisten mich nicht nach meinen Papieren oder meinem Ausweis gefragt hatten. Denn eine der Geschichten, die in meiner Heimat über Polizisten in Europa erzählt wird, ist die der Ausweiskontrolle.

»Jeden Tag und mehrmals am Tag wird man kontrolliert«, hieß es aus dem Mund der Erzähler.

Warum wurde ich also nicht kontrolliert? War Deutschland eine Ausnahme? Sah ich nicht wie ein Ausländer aus? Oder war es das, was wir Glück nennen? Ich war heute sowieso mit dem rechten Fuß aufgestanden.

Eines war mir sicher: wenn die Polizisten sehr nett zu mir waren, dann brauchte ich keine Angst vor denen haben.


»Guten Tag, ein Ticket nach Bielefeld, bitte!«, sagte ich als ich zum Schalter angekommen war.

Der nächste Zug nach Bielefeld fährt in sechs Minuten. Wenn Sie sich beeilen, kriegen Sie ihn noch. Ansonsten müssen Sie eine Stunde warten, antwortete die Frau am Schalter nach ein paar Klicks in ihrem Computer.

Ich hatte nichts verstanden, aber ich nickte mit dem Kopf und brummelte ein »Ja«. Sie wiederholte mein »Ja« und tippte auf ihre Tastatur. Mit der linken Hand holte sie das Ticket aus dem Drucker und fragte nach dem Geld.

Ich zuckte zusammen, griff in meiner Hosentasche nach meinem Portemonnaie und holte einen einhundert Euro Schein heraus. Als Wechselgeld erhielt ich fünf Euro fünfundneunzig. Wahnsinn!

Bielefeld musste sehr weit weg von Frankfurt liegen.

»Der Intercity Express fährt vom Gleis fünf ab! Das ist direkt hinter Ihnen«, sagte die DB-Beamtin und zeigte mir den Weg.

»Gehen Sie die Treppe hinunter. Beeilen Sie sich! Der Zug fährt gerade ein.«

Im Zug war es sehr kühl. Ich trug den dicken Mantel, den ich in meiner Heimat gekauft hatte und der mich vor dem kältesten Winter schützen sollte. Anscheinend war der Mantel selbst auf das Wetter nicht vorbereitet. Ich suchte mir einen Platz am Fenster und versuchte, mich tief in den Sitz zu verkriechen. Nach einer Stunde Fahrt hielt der Zug an. Einige Fahrgäste stiegen aus und andere stiegen ein. Eine Frau, die eingestiegen war, kam zu mir und fragte mich, ob der Sitzplatz neben mir frei wäre. Da ich keinen Platz reserviert hatte und hier seit einer Stunde allein war, nickte ich mit dem Kopf und sagte »ja«. Sie setzte sich neben mich und legte Ihre Ledertasche auf den Boden. In ihrer Hand hielt sie eine Zeitschrift, auf der das Wort Bielefelder geschrieben war.

Ich wollte mehr auf dem Cover lesen, also streckte ich meinen Hals nach oben, um die kleine Schrift unter dem Bild besser lesen zu können. Die

Dame bemerkte meine Neugierde, nahm die Zeitung und gab sie mir.

»Hier! So können Sie besser lesen.«, fügte sie hinzu.

Es war für mich peinlich, nicht gefragt zu haben, ob ich die Zeitung haben könne. Aber ich nahm sie und sagte »Danke«.

Nun hatte ich die Zeitung vor mir. Es stand tatsächlich darauf geschrieben: Bielefelder. Es ist sogar der Name der Zeitschrift, denn es stand ganz oben dick und fett geschrieben. Mich interessierte nicht wirklich das Cover, sondern vielmehr die Tatsache, dass sich in dem Namen der Zeitschrift *Bielefeld* befand. Es schien mir, als hätte ich einen Beweis dafür, dass ich wirklich nach Bielefeld fuhr. In eine Stadt, die viele kannten, aber taten, als ob es sie nicht gäbe.

Plötzlich hörte ich meine innere Stimme sagen:

»Und wenn dies ein Fake ist? Uh? Jeder könnte diese Zeitung geschrieben haben«, piepste sie.

Ja klar, was wäre, wenn dies wirklich ein Fake war? Wenn Bielefeld nicht wirklich existierte. Die Zeitschrift, die ich in der Hand hielt, schien kein Beweis mehr dafür zu sein, dass es die Stadt gab. Ich brauchte einen lebendigen Beweis, keinen stummen. Ich brauchte Zeugen, die in Bielefeld waren, die da mal einen Kaffee tranken, die da mal tankten, einkauften, studierten. Es mussten Menschen sein, die da wohnten.

Ich fragte der Dame, die mir die Zeitschrift gab, ob sie in Bielefeld wohnte.

»Nein, ich wohne in Essen. Warum?«, antwortete sie.

»Kennen Sie jemanden, der oder die in Bielefeld wohnt?«, fragte ich ohne auf ihr »Warum?« zu antworten.

»Auch nicht. Meine Bekannten wohnen woanders. Warum?«, wiederholte sie ihre Frage.

»Ich fahre nach Bielefeld, aber ich weiß nicht, ob es die Stadt wirklich gibt«, antwortete ich.

Sie lachte laut und trank aus ihrer Flasche, die sie, während ich sprach, aus der Tasche holte. Sie trank wie ein Kamel die Flasche leer und trocknete ihren Mund mit einem Taschentuch.

»Ja, die Geschichte habe ich auch gehört. Ich weiß aber nicht, ob sie stimmt. Ich bin selbst vor kurzem nach Essen gezogen und war noch nie in Bielefeld gewesen. Aber, wenn sie ein Ticket nach Bielefeld haben, dann fahren sie wirklich nach Bielefeld oder?«, sagte sie zwischen zwei Hustern.

Ich wusste, was sie meinte. Eigentlich hatte ich alles, um daran nicht zu zweifeln, dass ich nach Bielefeld fuhr: eine Zeitschrift, auf der Bielefelder geschrieben war, ein Zugticket, ein Flugticket und vor allem hatte ich in meiner Tasche eine Stipendienzusage für ein Masterstudium an der Universität Bielefeld, einer der besten Europas im Fach Soziologie.

Aber irgendwie hatte ich das Gefühl, dass ich woanders hinfuhr, nur nicht nach Bielefeld. Ich lächelte die Dame an und fragte sie, ob ich die Zeitschrift behalten könne.

»Natürlich. Ich habe sie schon durchgeblättert«, sagte sie.

Ich faltete die Zeitung und steckte sie in meine Tasche, die unter dem Tisch stand.

Die Dame und ich sprachen noch über viele andere Themen, unter anderem über meine Heimat: wie die Menschen dort lebten, warum ich hier war und was ich von dem Wetter hielt. Sie erzählte mir auch von ihrer Familie; wie ihr Mann sie verlassen hatte und sie die gemeinsamen Kinder allein erziehen musste; von ihrem Beruf als Erzieherin und wie sie sich Sorgen um ihren Hund machte, weil er krank war. Sie tat mir ein bisschen leid, während sie sprach.

Da merkte ich, wie ähnlich die Realitäten in unseren jeweiligen Ländern waren. Nur der Kontext war anders. Und vor allem schienen mir die Geschichten über unfreundliche Europäer nicht zu stimmen. Denn seit meiner Ankunft hatte ich nur

Menschen getroffen, die sehr nett zu mir waren. Zwei darunter waren Polizisten. Ich wollte mich aber in meinem Urteil nicht beeilen. Ich war eh gerade erst angekommen. Aber erst mal: nicht alle Europäer sind unfreundlich.

Ich bückte mich, um meine Wasserflasche aus der Tasche zu holen. Als ich mich wieder aufrichtete, wies mich die Dame darauf hin, dass wir an der nächsten Station aussteigen mussten, und dass ich anfangen sollte, meine Koffer in den Gang zu stellen.

»Ist es schon Bielefeld?«, fragte ich aufgeregt.

»Nein, noch nicht. Die nächste Station ist Essen. Und dieser Zug endet dort.«

Ich war wie atomisiert. Meine Hoffnungen, eine Stadt namens Bielefeld zu sehen, verblassten wie Rauch in der Luft.

»Dieser Zug fährt nicht nach Bielefeld?«, schrie ich empört und verzweifelt.

Ich wusste nicht mehr, was ich sagte. Ich holte mein Zugticket raus und zeigte es der Dame, die jetzt aufgestanden war.

»Schauen Sie mal, es steht auf dem Ticket, dass dieser Zug nach Bielefeld fährt, oder? Und warum endet er in Essen? Welcher Zug fährt denn nach Bielefeld? Und gibt es die Stadt überhaupt?«

Frau Schmidt, deren Name ich hörte, als sie unterwegs an ihr Handy ging, zog eine Miene und sagte:

»Junger Mann, es steht hier, dass sie nach Bielefeld wollen. Aber dieser Zug fährt nicht direkt nach Bielefeld. Sie hätten in Düsseldorf in einen anderen umsteigen müssen. Verstehen Sie?«

Ich verstand zwar, konnte mir aber nicht erklären, warum dieser Zug nicht nach Bielefeld fuhr. Außerdem hatte ich Angst, allein nicht klarzukommen. Mit leiser Stimme sagte ich Frau Schmidt: »Ich will nach Bielefeld.«

Sie lächelte und tröstete mich:

»Keine Sorge, junger Mann. Sie können in Essen einen anderen Zug nehmen, der nach Bielefeld fährt. Sie müssen nur erneut ein Ticket kaufen. Dieses hier ist nicht mehr gültig. Okay?«

Ich nickte und antwortete, dass ich nur fünf Euro hätte. Sie sagte, dass fünf Euro nicht genug wären und dass sie mir ein Ticket kaufen würde. Sie verstünde, dass ich hier neu war und wahrscheinlich einen Schock erlebte. Das passiere ihr auch jedes Mal, wenn sie in den Urlaub ins Ausland fuhr.

In Essen kaufte mir Frau Schmidt ein Ticket nach Bielefeld und begleitete mich zum Bahnsteig. Sie konnte aber nicht mit mir auf den Zug warten, da sie heute noch ihren Hund zum Tierarzt fahren wollte. Aber sie erklärte mir, dass ich nur auf die Stationen achten sollte, um Bielefeld nicht zu verpassen. Ich sollte in ungefähr einer Stunde und zwanzig Minuten da sein. Sie gab mir eine Packung Schokolade und wir verabschiedeten uns. Ich habe sie nie wieder getroffen.

Der Zug, in dem ich jetzt saß, war nicht so komfortabel wie der erste. Aber es war nicht so kühl. Ich zog meinen dicken »pseudo-warmen« Mantel aus und suchte mir einen Platz am Fenster. Es war sechzehn Uhr zwanzig. Ich war sehr müde und wollte nur noch schlafen. Ich schaffte es nicht mehr, in Bielefeld um siebzehn Uhr zu sein und hoffte, dass mein Empfangskomitee auf mich warten würde. Ich wusste nicht mal mehr, ob die Stadt Bielefeld hieß, und ob der Zug wirklich nach Bielefeld fuhr und nicht irgendwo anders hin, wo ich noch einen anderen Zug nach Bielefeld nehmen musste, der wiederum nicht nach Bielefeld fahren würde und…

Auf der anderen Seite des Ganges saßen drei junge Mädchen, die offensichtlich vom Shopping kamen, denn sie hatten große Tüten, aus denen Kleider und Schuhe herausschauten. Die Mädchen waren höchstens neunzehn oder zwanzig Jahre alt.

Ein Mädchen erinnerte mich an meine Süße, der ich im Konsulat begegnet war. Sie war sanft und bestimmt seit der Geburt nur mit Honig gewaschen worden. Ihre Augen gaben einem den Eindruck, dass sie gerade aufgeweckt worden sei. Das gab ihr noch das Prestige, das ihr fehlte. Ihre Stirn war schöner und ruhiger als die von meiner Eva aus dem Konsulat. Sie war die einzige von den anderen, die leise sprach und sie zum Lachen brachte. Ich habe sie sofort gemocht und wollte die Gruppe ansprechen. Vor allem, weil das Mädchen, das ich mochte ein weißes T-Shirt trug, auf dem in Rot geschrieben war: *Ich ♥ Bielefeld.*

Ich richtete mich also auf, um mich auf die »Attacke«, vorzubereiten.

*Erste Regel:* schick aussehen. Das war ich. Ich trug ein weißes kariertes Hemd mit schwarzen Knöpfen. Der letzte obere Knopf war offen, sodass ein kleiner Teil meiner Brust den Augen ausgesetzt war. Eine dunkelblaue *à la perfection* gebügelte Hose gab dem Hemd den Eindruck erhoben zu sein, obwohl seine Wurzeln tief in die Hose steckten und diese sie festhielt. Meine schwarzen Schuhe passten mit dem schwarzen Ledergürtel zusammen und meine Socken mit dem Hemd. Mein Outfit war also perfekt. Nun suchte ich nach der zweiten Regel. Ja, nach ihr musste man suchen.

*Zweite Regel:* einen Aufhänger finden. Frauen sollte man nicht ungeschickt ansprechen. Sonst würden sie einem mit so einer demütigenden Art zurückweisen, dass man nie wieder eine Frau ansprechen wollen würde. Ein Aufhänger könnte etwas Einfaches sein, wie nach der Uhrzeit oder einem Kugelschreiber zu fragen, sie absichtlich leicht zu treten und sich zu entschuldigen usw. Also etwas, das einen Anlass zum Gespräch ermöglichen würde. Das Mädchen saß am Rande des Ganges, sodass ich sie ohne große Schwierigkeiten ansprechen konnte. Am einfachsten wäre es gewesen, wenn sie eine Uhr getragen hätte, aber sie trug keine. Das T-Shirt war also die einzige Möglichkeit, um mit ihr ins Gespräch zu kommen. Mit der *dritten Regel*, immer lächeln, fragte ich erst mal alle drei, indem ich sie alle anschaute, mit einer sanften leisen Stimme:

»Entschuldigung, fahren Sie nach Bielefeld?«

»Ja, warum?«, fragten sie alle fast gleichzeitig.

Der Fehler war begangen: sie fragten mich zurück. Das heißt, sie wollten mehr wissen. Während meiner Schulzeit nannten wir diese meistens unbewussten Nachfragen von Mädchen den »Jackpot«.

Ich zögerte keine Sekunde und antwortete, dass ich auch nach Bielefeld fuhr und ich deswegen nachgefragt hatte, weil das Mädchen, das ich mochte ein T-Shirt trug, worauf geschrieben war: *Ich ♥ Bielefeld*.

Das Mädchen, das ich mochte, lachte und sagte:

»Ah okay, ich verstehe. Wir kommen aus Bielefeld.«

»Oh, wirklich?«, fragte ich.

»Ja, ja. Wir wohnen da«, antwortete sie.

Endlich hatte ich meine lebendigen Beweise dafür, dass Bielefeld existierte. Ich freute mich sehr darüber, blieb aber noch etwas skeptisch.

Dann fügte ich hinzu, dass ich heute in Deutschland angekommen war und in Bielefeld wohnen werde. Daher wollte ich mal fragen, ob es wirklich existierte.

Meine letzten Worte lösten ein großes Gelächter aus, welches die Situation unangenehm für mich machte. Nachdem alle Augen trocken waren, ergriff das Mädchen, das neben dem Mädchen saß, das ich mochte, das Wort und sagte, sie hätte auch davon gehört, dass Bielefeld nicht existieren würde, aber sie lebe seit zwanzig Jahren in Bielefeld mit ihrer ganzen Familie.

Das Mädchen, das ich mochte, hustete leise und sagte, sie würde auch in Bielefeld seit zwanzig Jahren leben und die Stadt würde schon immer Bielefeld heißen. Das, was ich meinte, sei eine Erfindung von Studierenden, die ihn auf einer Party erfunden hätten. Das dritte Mädchen, das bisher nur gelacht hatte, schloss ab, indem es von einer

Verschwörungstheorie über Bielefeld sprach. Sie erzählte viel und ich verstand auch nicht viel, denn sie sprach schneller als die anderen beiden Mädchen.

Eine Erfindung von Studierenden. Na, sowas! Aber das reichte mir irgendwie nicht. Warum? Das wusste ich nicht. Vielleicht, weil ich selbst der Beweis sein wollte. Natürlich! Wer könnte besser bezeugen, dass Bielefeld existierte, als ich selber? Ich wünschte mir, dass ich schon in Bielefeld angekommen wäre.

Aber um die Mädels mit dieser Frage nicht weiter zu belasten, sagte ich dem Mädchen, das ich mochte, dass ihr T-Shirt mir gefiel und fragte, wo ich auch so eins bekommen könne.

»Danke!«, antwortete sie, und fügte hinzu: »Mein Freund hat es mir geschenkt. Ich weiß aber nicht, wo er das gekauft hat.«

»Oh nein!«, dachte ich innerlich. »Sie hatte einen Freund. Schade.«

Aber das ist doch selbstverständlich. Wer kann so einer Schönheit widerstehen? Ich wünschte ihr gedanklich alles Gute und sagte laut:

»Ah okay, kein Problem.«

Dann stellte ich mich vor. Das Mädchen, das ich mochte, hieß Annabelle. Das zweite hieß Anna-Lena und das dritte Anna-Maria.

»Das ist nicht euer Ernst, oder?«, fragte ich, erstaunt darüber, dass alle drei Anna hießen.

»Nein, das ist wahr. Deswegen verstehen wir uns so gut«, sagte Anna-Lena.

Und wir lachten alle laut.

Wir waren noch am Lachen, als die Stimme des Zugfahrers uns erreichte und die nächste Station ankündigte: Bielefeld. Mein Herz sprang aus meiner Brust, als ich Bielefeld hörte.

Ich war angekommen. Ich war da.

Ich stand sofort auf und die Mädchen auch. Sie fragten mich, ob ich Hilfe bräuchte. Ich verneinte und bedankte mich. Dann wünschten sie mir alles Gute in Bielefeld. Als der Zug anhielt, fiel Annabelle plötzlich ein, dass sie meine Unterstützung brauchen könnten. Alle drei studierten Soziologie und waren dabei ein Experiment durchzuführen, bei dem ausländische Studierende ihre Erfahrungen erzählten. Die Studie würde noch sechs Monate laufen und sie würde sich freuen, wenn ich mitmachen könnte. Ich stimmte zu. Das war eine Möglichkeit sie wieder zu treffen, selbst wenn wir nur Freunde bleiben würden. Wir waren jetzt auf dem Gleis und sie schrieb mir ihre E-Mail-Adresse auf ein Stück Papier. Dann verabschiedeten wir uns. Ich habe sie nie wiedergesehen, weil ich das Papier verlor. Das tat mir sehr weh.

Ich blieb einen Moment am Gleis stehen, weil ich sicher sein wollte, dass ich wirklich in Bielefeld war. Deswegen suchte ich nach einem Beweis und fand einen. Auf einem Schild stand *Bielefeld Hbf.* Das beruhigte mich und ich suchte nach meinem Empfangskomitee. Frau Vidad hatte mir gesagt, sie würde einen roten Pullover und eine weiße Jeans tragen. Ich suchte sie, aber sie war nicht auf dem Bahnsteig.

Dann fiel mir ein, dass hier nicht der Bahnhofeingang war, wo sie auf mich warten würde. Alle, die aus dem Zug ausgestiegen waren, waren die Treppe vor mir heruntergegangen, also dachte ich, dass alle raus aus dem Bahnhof wollten. Ich ging auch mit meinen Koffern die Treppe herunter und befand mich in einer Unterführung. Rechts von mir war eine Rolltreppe, die nach oben fuhr und links ging die Unterführung weiter. Ich ging spontan nach rechts, weil mein rechter Fuß mir Glück brachte. So fuhr ich die Treppe hoch und befand mich in einer Halle, die sicherlich die Haupthalle des Hauptbahnhofs war. Als ich noch den Ort inspizierte, kamen zwei Personen auf mich zu. Das waren Frau Vidad und Ihr Kollege.

»Herr Wanilo?«, fragte Frau Vidad.

»Ja, das bin ich. Und Sie sind Frau Vidad?«

»Genau. Hallo!«, antwortete sie und reichte mir Ihre Hand.

Dann zeigte sie auf den Mann neben ihr und sagte:

»Das ist mein Kollege Herr Gnade«

»Hallo Herr Gnade«, sagte ich und reichte ihm auch meine kalte Hand.

»Herzlich Willkommen in Bielefeld! Wie war die Reise?«, fragte er.

»Danke schön! Die Reise war gut«, log ich, freute mich aber, dass er mich Willkommen in Bielefeld hieß und nicht in irgendeiner anderen Stadt.

»Ich bin aber sehr müde.«

»Das kann ich mir gut vorstellen«, sagte Frau Vidad, die jetzt eine Zigarette im Mund hatte, aber sie noch nicht anzündete. Sie war Mitte dreißig, trug eine Brille und schien viel zu arbeiten.

»So, wir bringen dich zu deiner Wohnung«, zischte sie.

»Darf ich ganz schnell meine Eltern anrufen?«, fragte ich höflich.

»Ja, bestimmt. Es müsste hier in der Nähe ein Internetcafé geben. Weißt du es vielleicht, Christian?«, fragte sie Herrn Gnade.

»Hm, nein! Lasst uns mal jemanden fragen. Aber geht schon mal zum Auto. Ich kümmere mich darum«, antwortete er.

Während er jemanden suchte, um ihn nach einem Internetcafé zu fragen, nahm Frau Vidad meinen kleinen Koffer und ging zu den Ausgangstüren, die sich automatisch öffneten und uns herausließen. Das Wetter in Bielefeld war angenehm. Man fror nicht und es war auch nicht warm.

Das Auto stand auf einem Parkplatz direkt vor dem Bahnhof. Wir gingen an einem Imbiss vorbei, in dem Bratwürste auf dem Feuer brutzelten.

»Haben Sie Hunger?«, fragte Frau Vidad, als ob sie meine Gedanken gelesen hätte.

»Ein bisschen«, antwortete ich.

Sie erzählte mir, dass wir in einen Supermarkt gehen würden, weil sie noch für mich Bettwäsche und Geschirr kaufen sollte. Im Supermarkt könnte ich auch etwas zu Essen kaufen. Bei diesen Worten kam Herr Gnade und meinte, es gäbe ein Internetcafé mit Telefonzellen gleich um die Ecke. Wir stellten die Koffer in den Kofferraum des Autos und sie begleiteten mich zum Internetcafé.

»Allô! Papa? Ich bin es«, freute ich mich am Telefon.

Mein Vater wäre gern in diesem Moment vor Freude gesprungen. Aber er blieb ruhig.

»Mein Sohn, der Deutsche. Bist du gut angekommen?«

»Ja, ich…«

»Mama, Mama«, schrie er meiner Mutter zu.

»Telefon. Dein Sohn«

Ich hörte wie meine Mutter, die sicherlich am anderen Ende des Hauses war, schreiend auf meinen Vater zueilte und ihm das Telefon aus der Hand riss.

»Mein Sohn!«, sagte sie leise.

»Mama, ich bin gut angekommen und ich wollte Ihnen Bescheid geben«

Plötzlich brach ihre Stimme zusammen und sie konnte nicht mehr sprechen. Sie gab das Telefon an meinen Vater zurück, der mir aber nicht mitteilte, dass meine Mutter weinte. Aber ich wusste es, denn ich kannte sie gut. Mein Vater sprach einfach weiter, als ob nichts passiert wäre.

»Hast du schon gegessen?«, fragte er mich.

Ich lachte und machte ihn darauf aufmerksam, dass ich kein Kind mehr sei. Und er fuhr fort:

»Wie ich dir gestern schon sagte, sollst du alle mit denen du in Deutschland zu tun haben wirst, mit Respekt behandeln. Und vergiss nicht, dass du nur für das Studium da bist. Ich will nicht hören, dass du dich ablenken lässt. Verstanden?«

»Ja!«, antwortete ich trocken.

Er merkte, dass er zu hart war und sagte:

»Ich gebe dir deine Mutter wieder.«

»Mein Sohn, ich danke Gott, dass du unversehrt angekommen bist. Ich habe heute Morgen eine Kerze für dich angezündet und sie brennt immer noch. Gelobt sei Gott. Ich bin sehr froh. Vergiss nicht, jeden Tag zu beten. Und lies bitte die Gebetbücher, die ich dir gegeben habe. Du sollst wissen, dass du nicht allein bist. Gott ist mit dir und wird immer mit dir sein. Wir lieben dich alle und du fehlst uns schon. Aber wie Papa schon sagte, du bist dort, um zu studieren, okay? Also kümmere dich nur darum. Gott segne dich.«

Ich wusste nicht, ob ich weinen sollte oder ob ich meinen Eltern zeigen sollte, dass ich stark war. Auf jeden Fall waren sie jetzt beruhigt. Das Telefon wechselte noch einmal die Hand und mein Vater bat mich darum, ihn ab und zu anzurufen.

Ich versprach es und verabschiedete mich.

Frau Vidad und Herr Gnade hatten draußen auf mich gewartet. Als ich rauskam, gingen wir zum Auto. Ich nahm hinten auf der Sitzbank Platz. Es war dunkel. Ich lehnte meinen Kopf an die Autoscheibe und versuchte meine Augen offen zu halten, um nichts zu verpassen. Ich wollte gleich an diesem Abend Beweise dafür haben, dass Bielefeld alles hatte, was eine Stadt ausmachte. Herr Gnade war am Lenkrad und Frau Vidad saß neben ihm auf dem Beifahrersitz. Er legte den Rückwärtsgang ein und fragte mich, ob die Straße auf meiner Seite frei war, damit er darauf fahren konnte.

Ich schaute nach hinten und sah, dass ein Auto auf die Fahrbahn fuhr. Plötzlich hielt der Fahrer an und fuhr rückwärts, während er noch auf der Fahrbahn war. Ich sagte Herrn Gnade, der auch alles mit verfolgt hatte, dass der Weg jetzt frei war und er könne ruhig rückwärtsfahren. In dem Moment aber, wo Herr Gnade auf die Fahrbahn fahren wollte, entschied sich der andere Fahrer auf der Fahrbahn weiterzufahren.

Da Herr Gnade nicht bemerkt hatte, dass das andere Auto auf uns zukam, schrie ich:

»Stop! Stop! Stop! Hupen! Hupen! Hupen!«,

Herr Gnade bremste stark und unser Auto blieb stehen. Der Fahrer des anderen Autos fuhr aber weiter. Das war jetzt zu viel für mich. Ich stieg aus dem Auto und schrie den Fahrer an: »CONNARD, FAHR ZUR HÖLLE. ARSCHLOCH«, Dann stieg ich fluchtend wieder in das Auto ein.

»Was war das?«, fragte Frau Vidad.

»Er wird sowas nie wieder tun«, antwortete ich stolz auf meine Tat.

»Nein, was hast du dir dabei gedacht? Ich weiß nicht, wie es in deiner Heimat ist, aber hier in Deutschland darf man andere Personen beim

Fahren nicht beschimpfen. Das kostet Geld. Verstehst du? Und außerdem warst du aggressiv«, erklärte sie mir, während Herr Gnade endlich weiterfuhr.

Ich fühlte mich etwas beleidigt, aber ich war vielmehr erstaunt, über das, was sie mir sagte. Ich sollte aggressiv gewesen sein? Also bitte! Das war nicht mal rührend, was ich gesagt hatte. Für mich war es normal. Fuhr man nicht korrekt, dann wurde man in die Hölle geschickt. Ich war auch mehrmals in der Hölle gewesen und bin immer wieder zurückgekommen.

Daran zu denken, dass ich für meine Tat bestraft werden könnte, brachte mich zum Lächeln. Dann wäre die Polizei in meiner Heimat »sehr reich«. Ich bin aber nicht in meiner Heimat. Trotzdem verstand ich nicht, warum Frau Vidad so ein Tamtam aus der Situation machte.

Herr Gnade, der bisher ruhig geblieben war, hustete und sagte, dass alles schließlich gut gelaufen war und, dass Frau Vidad sich beruhigen solle. Er sagte, dass ich hier neu sei und unsere Regeln noch lernen werde. Ich bräuchte Zeit und Geduld. Ich hörte ruhig zu, ohne ein Wort zu sagen. Viel später in der Fahrschule, als ich meinen Führerschein machen wollte, lernte ich deutsche Verkehrsregeln kennen und bestand die Führerscheinprüfung ohne

Schwierigkeiten. Allerdings schickte ich immer noch innerlich einen *Connard* in die Höhle.

Wir fuhren also alle mit mehr oder weniger schlechter Stimmung weiter zum Supermarkt. Ab und zu hustete oder nieste Herr Gnade und brach die Stille im Auto. Frau Vidad wünschte ihm jedes Mal »Gesundheit«, und jedes Mal antwortete er »Danke«. Ich sagte gar nichts. Als wir gerade an einem hohen Gebäude vorbeifuhren, klingelte das Handy von Frau Vidad.

»Vidad!«, ging sie mit ruhiger Stimme ran.

Die Person am anderen Ende des Telefons war ein Mann. Er sprach so laut, dass ich fast alles vernahm, was er sagte. Nachdem das Gespräch beendet war und der Mann aufgelegt hatte, fluchte Frau Vidad und erzählte Herrn Gnade, dass sie mich zuerst zu meiner Wohnung fahren mussten, denn der Hausmeister wartete dort auf uns, um sein Büro zu schließen. Herr Gnade wollte wissen, ob Frau Vidad den Wohnungsschlüssel nicht hatte. Sie antwortete, man habe ihr nur gesagt, dass sie den Schlüssel beim Hausmeister abholen solle und dass der in der Wohnung wohne und uns jederzeit aufschließen könne. Sie habe ihm das gerade am Telefon mitgeteilt, aber er bestünde darauf, dass wir in dreißig Minuten bei ihm seien.

»Okay! Das schaffen wir«, sagte Herr Gnade, den ich jetzt mochte und bog scharf rechts in die August-Bebel-Straße in Richtung Stadtmitte.

Nach ungefähr dreihundert Metern hielten wir an einer Ampel an. Da sagte Frau Vidad:

»Oh je, diese Ampel. Ich hoffe, die wird heute schnell grün.«

Ich lächelte und erinnerte mich an die Ampel vor der deutschen Botschaft in meiner Heimat. Die Ampel, an der Mutter Natur mir meine letzte Dusche verpasst hat. Ich hätte den beiden im Auto gern die Geschichte erzählt, aber Frau Vidad ging mir auf die Nerven. Also schwieg ich. Wir fuhren noch ungefähr fünfzehn Minuten bis wir Roggenkamp, den Stadtteil, wo ich wohnen würde, erreichten. Die Straße führte in eine Sackgasse mit einem Parkplatz. Herr Gnade parkte vor dem Haus mit der Nummer zweiundzwanzig.

»So, willkommen zu Hause!«, schrie er fast, während wir ausstiegen.

Ich öffnete den Kofferraum und holte meinen großen Koffer raus. Herr Gnade kümmerte sich um den zweiten. Danach gingen wir alle zur Wohnungstür und klingelten bei Herrn Hügel, dem Hausmeister. Die Tür machte ein eigenartiges Geräusch und Frau Vidad zog sie zu sich. Das Büro des Hausmeisters war direkt neben dem Wohnungseingang. Er schrie zu uns:

»Ah da sind Sie ja. Kommen Sie herein!«

Ich und Herr Gnade blieben im Büro stehen und Frau Vidad unterschrieb einige Dokumente. Den Mietvertrag habe ich aber selbst unterschrieben und der Schlüssel mit der Hausordnung wurde an mich übergeben.

»Wir werden uns in den nächsten Tagen sicher begegnen«, sagte noch der Hausmeister zu mir, als er uns zur Tür begleitete.

Mein Zimmer befand sich im Erdgeschoss. Mir wurde bereits mitgeteilt, dass ich in der Wohnung nicht allein sein würde. Mein Mitbewohner habe sein eigenes Zimmer, aber wir würden uns die Dusche, die Küche und den Balkon teilen. Diese Art von Wohnen nenne man *Wohngemeinschaft*. Ich hatte noch nie mit einer Person zusammengewohnt, die ich nicht kannte. Das würde für mich eine neue und hoffentlich gute Erfahrung sein.

Mein Mitbewohner war nicht zu Hause als wir die Wohnung betraten. Mein Zimmer befand sich links vom Eingang. Die Dusche war unmittelbar vor der Eingangstür. Ich fand das merkwürdig. Wer hatte das hier gebaut und wusste nicht, dass eine Toilette nach hinten gehört? Sollen Gäste mit einer Toilette empfangen werden? Hm.

Als ich mein Zimmer betrat, fühlte ich mich wie ein Kind, das ein Geschenk bekam. Zum ersten Mal in meinem Leben würde ich ein eigenes Zimmer für mich allein haben. Im Zimmer befanden sich lediglich ein Einzelbett, ein Tisch mit einem Stuhl sowie ein zweitüriger Schrank. Soviel zur Ausstattung meiner Nische. Ich hatte einen riesen Hunger und wir mussten noch meine Bettwäsche und das Geschirr kaufen. Wir ließen also meine Koffer im Zimmer stehen und fuhren zum Supermarkt. Ich kann jetzt nicht viel zum Einkauf im Supermarkt erzählen. Ich war müde und brauchte eine Dusche. Als Herr Gnade mich zurück nach Hause fuhr, schlief ich schon im Wagen ein.

»Kein Zeuge ist besser als die eigenen Augen.«
*Sprichwort aus Äthiopien*

## Von Geistern und Menschen

Der Himmel war noch dunkel, als ich am nächsten Tag die Augen öffnete. Mein Bett lag unter dem Fenster und dieses hatte noch keinen Vorhang. Ich legte meinen Kopf an die obere Kante auf der linken Seite des Bettes, um einen besseren Blick vom Himmel zu bekommen. Ich konnte ihn nur halb sehen, denn ein Baum versteckte die zweite Hälfte vor meinen Augen.

Wie lange ich in dieser Haltung blieb, weiß ich nicht mehr, aber ich war wie leblos; genauso wie diese Zeichentrickfiguren, die vor Angst blass werden und in einer anderen Welt verloren schienen. Sie konnten sich nicht mehr bewegen und kein Wort mehr sprechen. Erst nachdem ein Freund ihnen ins Ohr schrie oder sie stark schüttelte, kamen sie aus ihrer langen Angstreise zurück und fragten nach dem Ort, wo sie sich gerade befanden.

Ich aber wusste genau, wo ich war. Deswegen brauchte ich keinen, der mich schüttelte oder mir ins Ohr schrie, um die Angst in mir zu verjagen. Hatte ich Angst? Ich konnte es nicht genau sagen.

Eines ist sicher: ich war innerlich zerrissen. Ich lag da auf einem Einzelbett in einem Einzelzimmer mit einem einzigen Tisch, einem einzigen Stuhl und einem einzigen Schrank. Ich hatte keine Angst. Ich war allein.

Diese Einsamkeit hatte ich noch nie in meinem Leben gefühlt. Seit meiner Geburt stand ich jeden Tag auf mit jemandem neben mir: meiner Mutter, meinen Geschwistern, Cousinen, Cousins und ab und zu Gästen, die uns für eine oder zwei Wochen besuchten.

Waren die Gäste – die männlichen, denn die weiblichen Gäste schliefen entweder in dem Zimmer meiner Mutter oder in dem meiner Großmutter, die auch bei uns wohnte – älter als ich, musste ich mich so auf das Bett legen, dass genug Platz für sie blieb. Einige merkten es und baten mich, genug Platz für mich zu nehmen. Den meisten aber war es wurscht, wie ich mich hinlegte. Diese schickte ich jede Nacht vor dem Abendgebet zur Hölle. Denn es konnte passieren und ist mehrmals passiert, dass ich im Schlaf aus dem Bett fiel.

Am Tag danach stand ich logischerweise mit Schmerzen im Rücken, am Kopf, am Bein oder am Arm auf. Mein Morgengebet bestand also darin, unseren kinderverachtenden Gast zur Hölle zu schicken und Gott für die gute Nacht, die ich trotzdem verbracht hatte, zu danken.

Ich war also allein in meinem Zimmer und war immer noch in meiner Zeichentrickfigur-Haltung. Meine Gedanken liefen hin und her, um einen richtigen und gemütlichen Sitzplatz zu finden. Ich war ihnen unterworfen. Sie führten mich an diesem kühlen Morgen in viele Richtungen. Mal war ich in meiner Heimat, mal im Flugzeug, mal im ersten Zug nach Bielefeld, mal im zweiten, mal im Auto von Herrn Gnade, mal hier in meinem Zimmer. Sie ließen mich gehen, laufen, rennen, als ob ich an einem Marathon teilnähme. Entschied ich mich, eine kurze Pause zu machen, so schrie mich meine innere Stimme an:

»Daran denkst du nicht, oder?«

Ich habe sie während der ganzen Reise ausgeschaltet und nun rächte sie sich an mir. Ich flehte sie an, mich in Ruhe zu lassen. Sie lachte. Da ich an diesem Morgen zu schwach war, um sie zu bändigen, ließ ich ihr freien Lauf.

In meinen Gedanken war ich nun in meinem Zimmer und lag in meinem Bett. Ich schaute mich um. Meine Augen blieben in der Höhe einer Tür stehen, die ich bisher nicht gemerkt hatte oder nicht wahrgenommen hatte. Sie war weiß und halboffen. Einen kurzen Moment dachte ich, es wäre die Eingangstür und ich hätte sie die ganze Nacht offen gelassen. Bei dem Gedanken zitterte mein ganzer Körper.

Ich stand plötzlich auf und ging in der Dunkelheit langsam zu der Gespenstertür. Eine Armlänge von ihr entfernt, streckte ich vorsichtig meinen Arm, um sie zu mir zu ziehen. Sie knarrte so laut, dass ich selbst Angst bekam und fünf Schritte zurückging.

Nachdem sie sich weit geöffnet hatte, kam sie wieder an ihre erste Position zurück und war jetzt fast zu. Weil es noch dunkel war, konnte ich nicht richtig sehen, was sich hinter der Tür versteckte. Meine Mutter hatte mir gelernt, in solchen Fällen sofort das »Blut Christi«, zu rufen, einen »Vaterunser« und ein »Gegrüßet seist du, Maria«, für meinen Schutz zu beten. Und wenn ich noch meine Gebetbücher zur Hand hätte, hätte ich noch ein Gebet zum Vertreiben böser Geister gelesen. Da meine Gebetsbücher in meinem kleinen Koffer waren und ich sie suchen musste, rief ich dreimal das »Blut Christi«, und betete einen »Vaterunser«, gefolgt von einem »Gegrüßet seist du, Maria«.

Dabei dachte ich an alle möglichen Szenarienarten. Zum Beispiel an einen Einbrecher, der mein Zimmer ausplündern und meine Essenreserven, meine Tüten Bohnen und mein Palmöl mitnehmen würde. Diese Vorstellung brach mir das Herz. Ich dachte auch an böse Geister, die in mein Zimmer eingedrungen wären, um mich zu töten. Vielleicht wären sie noch hinter der Tür und würden auf mich warten. Ich rief noch drei Mal »Blut Christi« zur Hilfe. Als ich mich entschloss, näher an die Tür zu gehen, hörte ich, wie eine andere Tür geöffnet wurde. Ich hörte auch Schritte sich nähern, konnte aber niemanden sehen. Mit der Angst, die ich hatte, schien es mir noch dunkler geworden zu sein.

In meinen Szenarien dachte ich auch an die Toten. Manchmal kehrten sie – das heißt ihr Geist – zurück, um irgendetwas zu suchen, das sie vergessen hatten und gerne ins Todesreich mitnehmen wollten oder wenn sie noch nicht richtig verabschiedet worden waren und zwischen dem Todesreich und unserer materiellen Welt pendeln. Das passierte, wenn man die Todesrituale nicht richtig vollzogen hatte. Wenn das hier der Fall war, dann hatte ich keine Möglichkeit, irgendetwas zu unternehmen. Ich kannte diese Rituale eben nicht.

Ich wusste immer noch nicht, wer oder was sich hinter der Tür befand. Es war jetzt ruhig und ich versuchte das kleinste Geräusch zu hören. Plötzlich fühlte ich eine Kühle an meinem rechten Fuß. Sie drängte sich bis in meine kleinste Ader und löste Höchstalarm in meinem Gehirn aus, das den Alarm an meinen Kehlkopf weitergab. Ich schrie: »HERR JESUS, RETTE MICH!«, Ich fiel auf die Knie und schrie weiter: »HERR JESUS, RETTE MICH, RETTE MICH!«, »BLUT CHRISTI, BLUT CHRISTI, BLUT CHRISTI!«

»Hallo!«, hörte ich es hinter der Tür rufen.

Ich hörte auf, zu schreien, blieb aber auf den Knien. Da ich nicht wusste, wer mit mir sprach, wollte ich nichts sagen. Gehörte die Stimme einem wiedergekehrten Toten, dürfte ich gar nicht antworten. Mit Toten spricht man nur, wenn man eingeweiht ist. Sie sind nämlich nicht mehr körperlich Mensch, vielmehr verlorene Geister, die zum Todesreich begleitet werden sollen. Auch böse Geister handeln so, um einem die Stimme weg zu nehmen. Für beide Fälle war ich aber nicht bereit. Also blieb ich stumm.

Hinter der Tür ging Licht an und die Stimme wiederholte sich:

»Hallo! Ich bin Jan, Ihr Nachbar. Geht es Ihnen gut?«

Ich atmete tief.

Die Kühle, die ich vorhin an meinem Fuß gespürt hatte und die mein Gehirn alarmierte, kam vom Tischbein, das aus Edelstahl war.

Es war acht Uhr morgens. Nach dem Ereignis mit der Tür konnte ich nicht weiterschlafen. Jan, mein Nachbar, ein athletischer Typ mit langen blonden Haaren, ist in der Nacht aufgestanden und wollte sich Wasser in der Küche holen. Da er ein Glas in seinem Zimmer hatte und wusste, wo sich der Wasserhahn in der Küche befand, hielt er es nicht für wichtig, das Licht einzuschalten. Als er den Hahn aufdrehen wollte, hörte er mein Geschrei und meinen Hilferuf an Jesus.

Als ich auf seine Frage nicht antwortete, dachte er an das Schlimmste. Er öffnete die Küchentür, die zu meinem Zimmer hin aufging und mit Hilfe des Küchenlichtes konnte er mich sehen oder besser eine Gestalt erkennen, weil ich selbst eine dunkle Haut hatte. Da fragte er erneut, ob es mir gut ginge und ob er einen Krankenwagen rufen sollte. Ich hatte etwas Unverständliches gemurmelt, worauf er mich gefragt hatte, ob ich etwas bräuchte. Daraufhin verneinte ich und entschuldigte mich bei ihm. Dann ginge er in sein Zimmer zurück.

Wir standen an diesem Morgen am Stehtisch in der Küche. Der Kaffee, den ich trank, war schwarz und ohne Zucker. Mein Nachbar hatte ihn gekocht. Jan, der mir gegenübersaß, erzählte mir die Geschichte aus seiner Perspektive und wie er sie empfunden hatte. Ich hörte zu, ohne ein Wort zu sagen. Er war sehr ernst und schien besorgt zu sein. Die ganze Zeit duzte er mich. Bestimmt weil er gemerkt hatte, dass ich sehr jung war, viel jünger als er. Nach einem Moment der Stille, in dem wir nur noch unsere Schlucke hörten, fuhr er fort:

»Ich habe es noch nie erlebt, dass jemand laut nach Jesus ruft und um Hilfe bat. Grausam war das alles für mich, als du nach seinem Blut riefst. Ich dachte an okkulte Zeremonien.«

»Hattest du keine Angst?«, wollte ich wissen.

Er freute sich, dass ich endlich mein Schweigen brach.

»Na ja, wie gesagt, ich habe so was noch nie erlebt. Ich weiß also nicht wie sich das anfühlte, wenn man durstig nach Blut ist. Und vor allem nach dem Blut des Herrn.«

Er trank einen Schluck aus seiner Tasse, grinste, räusperte sich und sagte:

»Ich bin zwar Christ, aber kein richtig praktizierender. Aber soviel ich weiß, wird während der Messe Wein getrunken, selbst wenn der Priester ihn vorher in das Blut Christi verwandelt. Die Transsubstantiation, das kennst du bestimmt, oder?«

»Das hat nichts mit dem Gottesdienst zu tun«, bemerkte ich zu seiner Ignoranz.

»Das ist ein Verteidigungsspruch, ein Kampfruf.«

Er lachte laut und sagte, dass ich nicht in einer Kampfhaltung war, als er mich in meinem Zimmer entdeckte. Eher sah ich besiegt aus. Er wollte noch wissen, gegen wen ich kämpfte.

»Du würdest mir nicht glauben, aber ich habe dich für einen bösen Geist gehalten und wollte mich verteidigen. Das Blut Christi sollte ein Schutzschild bilden. So machen wir es bei uns. Kennst du das nicht?«, antwortete ich.

Ich wusste nicht wie er das, was ich sagte, genommen hatte, denn er antwortete auf meine Frage nicht. Sein Gesichtsausdruck war unbeschreiblich. In seinen Augen las ich Staunen, aber sein Mund lächelte. Ich nahm also an, dass er mich verstanden hatte. Wir tranken weiter unseren Kaffee. Nach einer Weile, während der er nachzudenken schien, fragte er:

»Und wie fühlst du dich jetzt?«

»Ich fühle mich gut. Danke für den Kaffee. Ich muss aber jetzt meine Koffer auspacken.«

»Ja klar! Sag mal Bescheid, wenn du Hilfe brauchst.«

»Danke, das werde ich machen.«

Ich spülte meine Tasse im Spülbecken, ging in mein Zimmer und schloss die Tür. Dann kniete ich mich vor mein Bett und fing mein Morgengebet an. Nachdem ich Gott für die gute Nacht gedankt hatte, bat ich um sein Erbarmen. Ich bat um Erbarmen, dass ich Jan für einen bösen Geist gehalten hatte und betete dafür, dass Gott sein Herz berührte, damit er mir vergibt. Dann betete ich für meine Familie, die in meiner Heimat geblieben war, für die Kirche, für die Kranken, für die Verstobenen und für mich selbst, dass ich einen guten Tag haben würde. Ein »Vaterunser«, drei »Ave Maria« und ein »Ehre sei Gott«, schlossen das Gebet. Bevor ich aufstand, sagte ich leise: »Blut Christi, schütze mich.«

Daraufhin machte ich mein Fenster auf, um frische Luft ins Zimmer kommen zu lassen. Dann warf ich einen Blick nach draußen. Das, was ich sah, konnte ich nur schwer glauben. Zwei Goldhasen standen auf der Wiese hinter meinem Zimmer direkt vor meinen Augen und schienen sich zu erholen. Dies brachte mich erst mal zum Lachen. Ich tat ein Zeichen mit meiner Hand in deren Richtung. Sie rührten sich nicht von ihrer Stelle. Ich wiederholte meine Bewegung. Nichts. Verachten sie mich? Ich musste nochmal lachen, um meine Überraschung zu verbergen. Unglaublich!

Hier schienen die Tiere keine Angst vor Menschen zu haben. Bereits gestern am Bahnhof merkte ich, wie Tauben, die sich vor dem Wagen von Herrn Gnade gesetzt hatten, nicht freiwillig weggingen, als wir kamen. Sehr seltsam war das für mich. Das musste ich mal meinen Brüdern und

Cousins erzählen. Die werden mir nicht glauben. In der Tat. Denn in unserer Kindheit waren wir Nagetierjäger. Vor allem Goldhasen, Mäuse, Ratten und deren Verwandte. Das war unsere Hauptfleischnahrungsquelle. Und wenn ich meinen Verwandten jetzt erzählen würde, dass sich zwei Goldhasen vor meiner Nase amüsierten, würden sie mir auch nicht glauben. Bei uns flohen alle Nagetiere vor uns. Sie wussten, dass sie schnell ein Mittagsessen ersetzen könnten.

Ich warf noch einen Blick auf meine »ehemalige« Beute, die jetzt zwischen dem Baum und meinem Fenster herum sprang. Dann lächelte ich noch einmal und schloss das Fenster.

»Dem Unwissenden erscheint selbst ein kleiner
  Garten wie ein Wald. «
  Sprichwort aus Äthiopien

# Benin oder Berlin?

Heute vor drei Monaten bin ich nach Deutschland, nach Bielefeld gekommen. Ich könnte den Tag feiern, aber es gibt keinen Grund dafür. Vielmehr war ich voll am Entdecken. Die Stadt und die Menschen interessierten mich sehr.

Jeden Morgen das gleiche Ritual: aufstehen, beten, duschen, zur Universität fahren. Die Straßenbahnlinie drei Richtung Babenhausen-Süd fuhr nur eine Minute Fußweg von meiner Wohnung ab. Mit der fuhr ich bis zur Haltestelle Rathaus. Da stieg ich in die Straßenbahnlinie vier um, die nach Lohmannshof fuhr mit Halt an der Universität. Von Roggenkamp bis zur Universität brauchte ich circa dreißig Minuten.

In der Straßenbahn traf ich ab und zu Menschen, die sich mit mir gern unterhalten wollten. Wir sprachen über alles und bei einer Frage, die sie mich stellten, gab es immer ein Missverständnis:

»Woher kommen Sie?«

»Aus Benin.«

»Berlin?«

Diese Antwort erstaunte mich inzwischen nicht mehr. Sie wurde mir so schnell angeboten wie ein Nudelgericht mit Sardinen. Einige meiner Gesprächspartner schauten mich verzweifelt an, wenn ich Benin wiederholte und sie immer noch Berlin verstanden. Einer unter ihnen, ein Italiener, den ich an einem Morgen auf dem Weg zur Universität in der Straßenbahn traf, widersprach mir mit einem Gesichtsausdruck, der mich an Stefan Raab erinnerte, wenn er in aufdringlicher Weise darum bat, bei *Schlag den Raab* die Spielregel erklärt zu bekommen:

»Mama mia, guck mal mein Freund. Ich gebe dir ein Beispiel. Ich komme aus Italien, aber ich lebe in Deutschland. Verstehst du? Du, woher kommst du?«

Und ich wiederholte wie in einem Alphabetisierungskurs und erklärte ihm was ich eigentlich meinte:

»Ja, ich komme aus Benin, einem Land in Westafrika und ich wohne in Deutschland.«

»Ah bene bene, ho capito«, sagte er, als ob er von einer langen unverständlichen wissenschaftlichen Reise zurückkäme.

»Ich dachte, du würdest aus Berlin kommen.«

Dieser Italiener, inzwischen ein guter Freund von mir, war eine von den sehr wenigen Personen, die sofort eine Erklärung verlangten, wenn sie Berlin verstanden. Eine Freundin von mir, geboren in Berlin, hatte sich eine Woche lang Gedanken darüber gemacht, wie ein Mensch mit dunkler Haut aus Berlin, der Bärenstadt stammen konnte. Als ich mit ihr eines Tages beim Kaffee trinken über meiner Heimat sprach, las ich in ihren Augen ein Stück Unwissenheit, aber auch einen Hauch Erleichterung, als ob sie Angst gehabt hätte, dass ihr Berlin von einem Afrikaner gestohlen wird.

Manchmal fragte ich mich, ob ich das Wort Benin falsch aussprach oder ob es an meinem Akzent lag oder an der Tatsache, dass dieses Land an der westafrikanischen Küste so klein und unbekannt ist, dass es leicht mit der Hauptstadt Berlin verwechselt wird, die jedoch viele Kilometer weit von ihm entfernt lag. Ich schloss aber die beiden ersten Gründe aus, als mir andere Landsleute die gleiche Geschichte ohne zu stammeln erzählten. In der Tat ist Benin vielen unbekannt. Das führte dazu, dass die meisten erst einmal unbewusst Berlin verstanden. Das ist so. Erwartet man nicht, dass ein Deutscher einen auf Französisch grüßt, so versteht man auch nicht unbedingt, was er gemeint hat, bis er sagt, dass er gerade Französisch gesprochen hat.

Benin befindet sich an der westafrikanischen Küste zwischen Nigeria im Osten, Togo im Westen, sowie Burkina-Faso im Nordwesten und Niger im Norden. Mit knapp einhundertzwölftausendsechshundertzweiundzwanzig Quadratkilometern und einer Bevölkerung, die knapp zehn Millionen Einwohner beträgt, ist Benin ein relativ kleines Land. Früher nannte man das Land das lateinische Quartier Afrikas aufgrund der Anzahl an Intellektuellen, die damals sehr hoch war im Vergleich zu anderen Ländern Afrikas.

Ein Freund von mir meinte, das Land sehe wie eine Faust aus und erzählte dazu einen Witz, auf den kein Beniner gekommen wäre: Gott hatte alle Länder Afrikas außer Benin geschaffen. Viele Jahre später konnten sich die Völker nicht verständigen und es herrschte ein Chaos zwischen den Völkern, die sich gegenseitig bekämpften. Gott sah das und wurde zornig. So haute er mit der Faust auf seinen Esstisch, der sich genau zwischen Togo und Nigeria befand. So wurde Benin geschaffen.

Dass die heutigen Ländergrenzen von den Menschen und von Kolonialmächten gezogen wurden, wissen wir alle.

Ich möchte aber nun von den Menschen sprechen, die in meinem Land leben.

Fast alle Beniner haben eine dunkle Haut. Diejenigen, die eine helle Haut haben, unterscheide ich in drei Kategorien. Die ersten sind die, die eine helle Haut haben und deren Eltern aus Benin stammen oder aus irgendeinem anderen afrikanischen Ländern. Hell zu sein ist also in deren Genen.

In der zweiten Gruppe haben wir Mischlinge, deren Elternteil aus einem anderen Land auf dem amerikanischen, europäischen oder asiatischen Kontinent stammt. Und in der dritten Gruppe haben wir Menschen mit Albinismus. Ich muss zugeben, dass Menschen mit hellerer Haut bei uns sehr gut angesehen sind. Aber vielmehr auch die mit einer dunklen Haut. Und das wissen nicht viele, die auf anderen Kontinente leben.

Für mich ist allerdings diese Unterscheidung durch Farben beziehungsweise Farbtöne bei Menschen sinnlos. Alle Farben sind die verschiedenen Facetten der gleichen schwarzen Münze. Einige sprechen von Farbengrad. Ich spreche von Pigmentierung. Der erste Mensch war schwarz und migrierte aus Afrika auf die anderen Kontinente. Aufgrund der neuen Klimata, denen er begegnete, änderte sich allmählich seine Hautpigmentierung. Die Geschichte kennen wir.

Ein Mensch mit dunkler Haut, ein „Schwarzer", der ein Foto neben einem schwarzen Auto macht, wird trotzdem wahrgenommen. Das bedeutet, dass der Mensch nicht schwarz wie die Farbe des Autos ist.

Ich will mit diesem Beispiel andeuten, dass die Phänomene, die wir Farben nennen, das heißt weiß, schwarz, gelb, rot von keinem Menschen in und auf der Haut getragen werden. Klebt ein „Weißer" ein A4 – Blatt auf seine „weiße" Brust, so sieht man klar, dass er ein weißes Papier dort hat. Trägt ebenso ein „Schwarzer" ein schwarzes Tattoo auf der Haut, so erkennt man das Motiv des Tattoo. Kein Mensch ist weiß oder schwarz oder gelb oder rot.

Für mich spielen vielmehr die Kompetenzen des jeweiligen Individuums eine wichtigere Rolle. Werden Kompetenzen von Menschen aus anderen Ländern oder Kontinenten auf ihre Hautpigmentierung reduziert, so entsteht Menschenhass. Ich möchte hier keine Diskussion über Diskriminierungsfaktoren anstiften. Ich möchte nur die Realität und meine Sichtweise wiedergeben. Das war's auch schon.

Kommen wir nun zu den Menschen zurück, die in Benin leben. Einige werden aufgrund ihrer Hautpigmentierung *Schokolade* genannt. Als ob sie von Kindesbeinen an an der Transformation von Kakaobohnen in Schokolade beteiligt wären, von den Kakaoplantagen im Westen der Menschheitswiege bis zum Schokoladenmuseum in Köln. Das ist aber nicht der Fall. Sie wissen vielleicht nicht mal, was Schokolade ist und wie sie aussieht.

Andere Beniner sind mit einer dunklen Haut geboren, streben aber eine hellere Haut an. Zu diesem Zweck schmieren sie sich also mit aufhellenden Cremes. Das Ergebnis ist entsetzlich. Geht man durch die Straßen der großen Städte des Landes spazieren, bekommt man manchmal den Eindruck, Zombies zu sehen. Bei diesen mobilen Zombies scheint der obere Teil des Körpers normal gefärbt zu sein. Bei der Ansicht des unteren Teiles des Körpers, fließen einem die Tränen. Die Zutaten der aufhellenden Creme könnte man ahnen: grauer Zitronensaft, verdorbene Mango, Fett eines alten impotenten Schweines und vieles mehr. Der Geruch, den diese Personen ausstrahlen, könnte ein Baby im Bauch seiner Mutter ersticken.

Dieses Phänomen hat auch einen Namen. In Fongbé, einer der circa sechzig Sprachen, die in

Benin gesprochen werden, werden die Zombies unter anderem »kpon afɔ ton«, genannt. Dies bedeutet wortwörtlich: »Schau mal seine / ihre Füße«. Damit ist alles gesagt.

»Selbst das schwarze Huhn legt weiße Eier.«
*Sprichwort aus Benin*

## Vom Wissen und Tun

Die Türen der Straßenbahn Nummer vier öffneten sich und die Menschenmenge, die zur Universität wollte, stieg aus. Ich auch. Die Haltestelle an der
Universität Bielefeld befand sich circa fünf Minuten
Fußweg von dem Universitätshauptgebäude entfernt. Es gab eine Rolltreppe nach oben, an deren
Ende sich eine Brücke befand. Die Brücke war
überdacht und führte direkt zum Hauptgebäude. So
konnte man bei Regenzeiten trocken zur Universität kommen; von der Haltestelle Jahnplatz im
Zentrum der Stadt bis zum Eingang des Hauptge-
bäudes der Universität.

Nachdem ich die lange Treppe hochgelaufen
war, die sich hinter der Eingangstür befand, ging
ich keuchend zum Infopunkt der Universität, der
sich in der Universitätshalle befand. Ich hatte meinen Bibliotheksausweis verloren und wollte nachfragen, ob er dort abgegeben worden war. Doch ich
musste ganze zehn Minuten warten, so lange war
die Warteschlange vor dem Infopunkt. Als ich an
der Reihe war, erfuhr ich, dass die verlorenen

Gegenstände im Fundbüro abgegeben werden. Dieses befand sich ein Gebäude weiter. Also machte ich mich auf den Weg zum Fundbüro. Auf dessen Tür war geschrieben, dass das Fundbüro an diesem Tag geschlossen war und erst am Tag danach wieder öffnete. Dies bedeutete, dass ich heute nicht kopieren und ausdrucken konnte.

Ich ging wieder in die Universitätshalle zurück und entschied mich, in die Bibliothek gehen. Auf dem Weg zur Bibliothek sah ich einen freien Platz auf einer der Steinbänke in der Halle. Meine innere Stimme sagte zu mir:

»Geh und setzt dich dahin!«

Ich folgte ihren Rat und setzte mich auf die Bank. Hinter mir befanden sich Geldautomaten der Sparkasse und vor mir war eine Bäckerei. Die Universitätshalle sieht wie eine kleine Stadt aus. Sie erstreckte sich entlang aller Universitätsgebäude bis hin zum Schwimmbad am anderen Ende der Universität.

Fünf Minuten lang beobachtete ich, wie die Studierenden und Universitätsmitarbeiter kamen und gingen. Freunde trafen und verabschiedeten sich. Kollegen grüßten sie sich und meckerten über den Chef. Ein Kommilitone von mir ging an mir vorbei. Ich rief zu ihm »Hallo!« Das hatte er aber nicht gehört, denn er drehte sich nicht mal um.

Dann kam eine Studentin mit einer Tasse Kaffee in der Hand vorbei. Obwohl sie eine Brille trug, sah sie den jungen Mann nicht, der in seinem Handy verloren war und auf sie zulief, während sie laufend eine Freundin von ihr hinter ihm grüßte. Und pata-pouf! Die Hälfte des Tasseninhaltes landete auf dem Boden auf. Der Kaffee war schwarz. Ohne Zucker. Ich konnte ihn riechen. Der junge Mann, der die zweite Hälfte des Kaffees auf sein Shirt abbekommen hatte, fluchte laut:

»SCHEISSE! Passt auf, wo du hingehst verdammt noch mal!«

Daraufhin kam er zu der Bank, auf der ich saß. Er legte seinen Rucksack auf die Bank, öffnete ihn und holte Taschentücher heraus.

Die Studentin, die durch den Aufprall auf den Boden fiel, setzte sich auf und suchte nach ihrer Brille. Die Freundin, die sie kurz vor dem Unfall gegrüßt hatte, kam ihr zur Hilfe.

Nachdem der Mann vergebens sein T-Shirt abwischte, wollte er weitergehen, als die Freundin der am Boden gefallenen Studentin zu ihm rief:

»Markus!«

Er drehte sich um und antwortete:

»Schatz?«

Meine Augen suchten mit ihm den Schatz, den er meinte und ich bedankte mich bei meiner inneren

Stimme, die mich zu dieser Bank, auf der ich saß, geführt hatte, um reich zu werden.

»Aber wer versteckt denn wertvolle Sachen mitten in einer Universität, du Dummkopf?«, hörte ich in mir.

Ich hörte auf zu suchen und meine Augen richteten sich auf den jungen Mann, der den Schatz offensichtlich gefunden hatte. Er lief zu dem Mädchen, das ihn gerufen hatte. Sie war bei der Studentin, die nun auf dem Boden saß.

Dort angekommen wurde er mit einer Ohrfeige empfangen.

Ich stand auf und fühlte mit, wie seine Wange brannte. Dann fragte ich meine innere Stimme:

»Hat das Mädchen den jungen Mann gerade geohrfeigt?«

Sie nieste. Wir waren beide betroffen.

Der junge Mann aber nahm die Hände der Freundin in seine und sagte:

»Schatz, was machst du hier? Es tut mir leid.«

Ich wusste nicht warum, aber ich setzte mich wieder hin. Der Schatz gehörte ihm bereits. Den Schatz kannte er. Mir wurde klar, dass die Freundin der am Boden liegenden Studentin der Schatz war. Mir wurde auch klar, dass in Deutschland Menschen, die sich liebten, sich Schatz nannten. Der

Markus wollte seinen Schatz auf den Mund küssen, aber sie lehnte den Kopf zurück und sagte:

»Schäm dich Markus, schäm dich! Du wolltest weitergehen, oder? Dann geh doch, geh doch, GEH! Dass die Susi am Boden liegt, stört dich nicht? Nein? Nein? Sag doch was? Ich hasse dich. Lass mich los! Lass mich los, du Arschloch, du impotenter.«

Ich war fassungslos.

Markus kniete sich aber vor seinen Schatz und bat sie um Vergebung:

»Schatzi, hör mir zu. Es tut mir wirklich leid. Das war nicht meine Absicht. Versteh mich doch. Du weißt, ich muss meine Abschlussarbeit heute vor zehn Uhr abgeben. Die ist aber noch im Druck. Ich kam spät zur Uni, weil ich unseren neuen Schrank aufbauen musste. Das weißt du doch. Schatz, wir wollten doch zusammenleben. Denk bitte an unsere schönen Zeiten zusammen. Schatz, tu mir das nicht an! Ich liebe dich allein. Ich liebe dich.«

Die letzten drei Wörter hatte er fast in Tränen gesprochen. Dann wurde mir wirklich klar, dass das Mädchen seine Freundin war. Sie, die sich während er sprach, um ihre am Boden liegende Freundin kümmerte, drehte sich ihm zu und er bekam noch eine Ohrfeige auf die linke Wange. Danach umarmte sie ihn und küsste ihn auf den Mund. Sie war auch am Weinen.

»Es tut mir auch leid. Ich liebe dich. Vergibst du mir? Vergibst du mir?«

»Natürlich mein Schatz, ich vergebe dir.«

Und sie küssten sich wieder.

Das Theaterstück, das gerade vor meinen Augen lief, schien keins zu sein. Meine innere Stimme nieste und brachte mich zur Realität zurück. Die junge Frau hatte gerade ihren jungen Freund vor allen Menschen in der Universitätshalle gedemütigt. Er bat um Vergeben, bekam noch eine weitere Ohrfeige und wurde am Ende von seinem Schatz geküsst, der sich für seine Tat entschuldigte. Unglaublich. Jeder wusste doch nun, dass der Mann impotent war.

Ich war noch in meinen Gedanken, als ein alter Herr zu mir kam. Er habe mich während der ganzen Szene beobachtet und mein *oh-mein-Gott-Gesicht* bemerkt, sagte er. Dann setzte er sich neben mich und sagte:

»Das ist alles für sie neu, oder? In Ihrer Heimat ist es bestimmt anders. Oder?«

»Haben Sie das gesehen?«, fragte ich ohne seine Frage zu beantworten.

»Ja, das habe ich gesehen.«

Nach einer Pause, während er zu überlegen schien, ob er mir noch eine Frage bezüglich der Handlungen in meiner Heimat stellen sollte, fuhr er fort:

»Wie würden Sie reagieren, wenn Sie der junge Mann wären?«

»Ich weiß nicht, wie ich reagieren würde, wäre ich an seiner Stelle gewesen«, antwortete ich.

Das war aber nicht das, was ich sagen wollte. Bevor der alte Mann weitersprechen konnte, änderte ich meine Meinung.

»Doch ich glaube, ich weiß wie ich reagieren würde«, sagte ich in einem Zug. »Ich würde sie nicht loslassen. Ich würde ihre Hände in meinen halten und ihr tief in die Augen schauen. Dann würde ich mit aller Ruhe dieser Welt sagen: Schatz, der Preis, den ich für meine Tat bezahle, ist groß. Du hast mich bloß gestellt. Ich habe gerade den Beweis dafür, dass dich mein Zustand immer gestört hat, obwohl du mir jeden Tag deine Unterstützung und Liebe zusicherst. Du bist ab jetzt frei, dir einen potenten Mann auszusuchen. Wenn du willst könnte ich dir dabei helfen. Aber mit uns ist es aus!«

Ich schwöre, das würde ich sagen. Mit einer ganz ruhigen Stimme, denn die Welt braucht keine Gewalt.

»Gut, verhalten sich alle Männer in deiner Heimat auch so?«, fragte mich der alte Mann.

»Nein. Hier in Deutschland auch nicht. Oder? Ich weiß, wie einige von sich selbst und ihrer Überlegenheit eingenommenen Männer reagieren würden. Diese Idioten werden der Frau zwei gute Ohrfeigen schenken. Und wenn sie kein Glück hat, weil ihr Freund ein Blödkopf ist, wird er sie noch treten und auf sie spucken. Solche Männer sollten sofort ohne Gerichtsurteil für mindestens zwei Jahre für die Ohrfeigen, drei Jahre für das Treten und sechs Jahre für das Spucken ins Gefängnis geschickt werden, weil auf jemanden spucken noch demütigender ist als ihn zu schlagen oder zu treten.«

Ich seufzte und fuhr fort:

»Frauen darf man nicht schlagen, hat mir mein Vater immer gesagt. Auch er hat meine Mutter NIE geschlagen. Selbst wenn er mal Lust dazu hätte, hätten die Worten meines Großvaters, als er um die Hand meiner Mutter bat, in seinen Ohren gedonnert. Sein Schwiegervater habe ihm deutlich klargemacht, dass Gewalt an seiner Tochter nicht in Frage käme. Er habe ihn sogar mit einer Morddrohung gemahnt. Laut meiner Mutter, die uns die Geschichte erzählte, hätte mein Großvater gesagt, dass sie es unter Männern klären würden. Und dass einer von den beiden sicherlich sterben würde. Und das würde nicht er sein.«

Wer möchte sich schon mit seinem Schwiegervater anlegen? Ich glaube keiner. Nicht nur mein Vater hätte sich nicht zugetraut, meine Mutter zu ohrfeigen. Auch meine Onkel hatten es nie mit deren Frauen gemacht. Sie alle wussten, dass Frauen wertvolle Perlen sind. Denn in Frauen wird das Leben geschaffen.«

Der alte Mann lächelte kurz und erzählte mir, dass er in der Zeitung las, dass Frauen in Afrika keine beziehungsweise wenige Rechte hatten.

»Ich weiß«, erwiderte ich. »Ich weiß.«

»Außerhalb der Grenzen des afrikanischen Kontinents ist das Bild verbreitet, dass Mädchen und Frauen in Afrika wie Handelswaren behandelt würden. Sie hätten kein Recht, würden verkauft, versklavt, dürften kein Wort vor ihren Männern sprechen, dürften nicht in die Schule gehen und vieles mehr. Frauen in Afrika wären einfach nicht »emanzipiert«, was auch immer man unter diesem Wort versteht. Es mag einiges daran stimmen, aber in der afrikanischen Gesellschaft und in der afrikanischen Tradition, ist der Wert einer Frau nicht unbekannt und wird nicht verachtet.

In den traditionsreichen Familien, die nicht viel von unserer heutigen Welt – ich will hier nicht von moderner oder zivilisierter Welt sprechen, denn jede Gesellschaft ist in sich selbst modern oder zivilisiert – mitbekommen hatten und ihr Leben so führen, wie es vor Jahrhunderten war, zeigen sich Mutter und Vater gegenseitigen Respekt. Sie erziehen ihre Kinder in der Harmonie, die sich jede Familie wünscht. Mütter sprechen mit ihren Töchtern über die Rolle einer Frau in der Gesellschaft, während Väter sich mit ihren Söhnen über die Versorgung und den Schutz der Familie unterhalten. Die Jungen lernen schon in Kindesalter, wie man eine Frau behandelt. Nämlich mit Respekt.

Die Frau ist die Säule, die die Familie unterstützt. Bekommt diese Säule einen Kratzer, so fängt sie an, zu zerfallen und die Familie auch mit. In jenen traditionsreichen Familien gehen Mädchen zwar nicht in die Schule, aber sie sind später in der Lage, ein Geschäft zu führen und sich selbstständig zu machen. Das, was viele »emanzipierte« Frauen hier auch tun. In jenen sogenannten bildungsfernen Familien sind Frauen den Männern nicht unterworfen. Der Mann hat kein Recht, sich den Lohn seiner Frau anzueignen. Ein solches Beispiel findet man auch in sogenannten bildungsnahen Familien. In beiden Fällen wird die Frau wie ein Mensch behandelt, der dem männlichen Geschlecht gleich ist und sie hat das Recht, das Familienleben mitzubestimmen. So ein Bild von der afrikanischen Frau wird hier in Deutschland und in Europa nicht gezeigt. Das finde ich schade!

Einige Hausfrauen in Afrika haben den Frauen, die sich als emanzipiert, frei von den Haushaltsarbeiten und von den Traditionen bezeichnen, in nichts nachzustehen. Zwar müssten einige Riten in der Tradition abgeschafft werden. Wie zum Beispiel die Frauenbeschneidung. Meiner Meinung nach sollten Mädchen in die Schule gehen. Sie sollten nicht nur Kinder »machen«, wie eine Freundin von mir, Feministin im Blut, es zu sagen vermag.

Man muss auch bedenken, dass die meisten gesellschaftlichen Regeln in der afrikanischen Tradition nie geschaffen worden sind, um jemanden zu unterdrücken, sondern immer, um das Wohlergehen der Menschen und somit der Gesellschaft zu gewährleisten. Aber es gibt auch eine andere Frage, die gestellt werden müsste: Dürfen Frauen Männer schlagen?«

»Interessant, alles, was Sie sagen. Interessant«, sagte der alte Mann, als ich endlich fertig war. »Aber mit dem Kolonialismus und der Einführung der Schrift haben Sie alles von Ihrer Tradition, die mündlich überliefert war, verloren, oder?«

»Nein, nicht alles. Die Tradition lebt weiter und ist heute wichtiger denn je. Um das besser zu verstehen, sollten wir uns mit der Zeit vor dem Kolonialismus auseinandersetzen. Die Tatsache, dass nicht alle in Afrika eine Schrift hatten, bedeutet noch lange nicht, dass wir nicht mit einer glorreichen Vergangenheit und einer unendlichen und vielfältigen Wissenschaft prahlen könnten. Und wie sie sagten, waren diese Vergangenheit und dieses Wissen mündlich überliefert.

Das Wissen, das in der afrikanischen Tradition vermittelt wird, ist unendlich und vielfältig. Es hängt nicht von der Schrift oder der Mündlichkeit ab, vielmehr sind diese da, um es an die kommenden Generationen zu übermitteln. Eines ist klar: wird das Wissen, unabhängig von der Vermittlungsmethode, nicht weitergegeben, so wird die Tradition schwächer und geht verloren.

Unsere Ahnen gingen davon aus, dass das ganze Leben eine Schule sei. Es gibt keine richtige Pause und man hört nie auf, zu lernen. Die Regel, um neues Wissen zu erwerben, ist, sich stets als unwissender vor den Meister zu stellen. Ein Meister kann ein kleines Baby, ein Jugendlicher, ein alter Mann, eine alte Frau und sogar ein Tier oder eine Pflanze sein. Eine afrikanische Weisheit besagt: Ist dir deine Unwissenheit bewusst, so wirst du lernen. Gibst du jedoch mit deinem Wissen an, so wirst du nie lernen. Und wenn du gelernt hast, so gib es weiter. In

diesem letzten Satz steckt eine grundlegende gesell-
schaftliche Pflicht.

Sein ganzes Leben lang ist der Mensch also auf
der Suche nach dem Wissen, das aus ihm eine für
das Leben nach dem Tod würdige Seele machen
wird. Diese Suche ist nicht so einfach, als würde
man den Schlüssel zu seiner Wohnung vermissen.
Denn das Wissen in Afrika ist sehr allgemein und
jedoch präzise. Der Vermittler oder Lehrer ist kein
Spezialist. Vielmehr beherrscht er die Kunst, sich in
allen Bereichen unseres Menschenlebens sowie der
unsichtbaren Welt wohl zu fühlen und in der Harmonie mit der Natur zu sein.

Das gleiche versucht die westliche Schule, auch
bekannt als moderne, uns beizubringen. Fächer wie
Biologie, Mathe, Physik, Chemie erklären uns, wo-
raus unsere physische Welt besteht und welche
Energie oder Energien wir in der Natur finden und
zu unserem Wohl nutzen können. Das Unsichtbare
wird sichtbar und nützlich gemacht. Dieses Basis-
wissen, dass uns die Schule gibt, sollte ab einem
bestimmten Alter Verwendung finden meistens ab
der Volljährigkeit. Man geht in die Universität und
vertieft seine Kenntnisse, experimentiert, forscht,
schafft, entdeckt.

In der afrikanischen Tradition wird man mit einundzwanzig Jahren volljährig. Der Jugendliche ist mit diesem Alter in der Lage, das zu vertiefen, was er von seiner Mutter, seinem Vater, von der äußeren Welt und aus seinen eigenen kindlichen Erfahrungen gelernt hat. Bei Männern fing diese Volljährigkeit meistens mit dem Beschneidungsritual an. Ihre Vorgänger, die Weisen, stehen ihnen zur Verfügung und führen sie in das neue Leben ein.

Wie Sie sehen, ist das Wissen in der afrikanischen Tradition sehr vielfältig. Ein Greis besitzt Kenntnisse sowohl in der Naturwissenschaft, in der Psychologie als auch in der Kosmogonie und der Astronomie usw. Daher sagt man in Afrika, dass *mit jedem Greis, der in Afrika stirbt, eine ganze Bibliothek verbrennt.* Es braucht also viel Zeit, um sich so eine Bibliothek anzuschaffen. Über längere Zeit wurde diese Bibliothek von Generation zu Generation übermittelt, bis ihr Zerfall mit dem Kolonialismus begann.

Die Kolonialherren kamen mit dem Willen, neue Territorien zu erobern und ihre Weltansicht durchzusetzen. Damit ihnen dies gelingt, mussten sie unsere Bräuche durch ihre ersetzen. Mit List, aber auch, weil sie technologisch gesehen – Waffen vor allem – uns überlegen waren, fingen sie an, ihre eigene Tradition anzusiedeln. Ich muss auch ganz ehrlich sagen, dass viele Afrikaner bei der Zerstörung ihrer eigenen Traditionen mitgemacht haben. Einige mit Freude, andere mit Kummer. Es gibt aber auch sehr viele, die Widerstand geleistet haben. Deren Geschichte wird aber nie erzählt.

Die westliche Schule begann also die traditionelle afrikanische Schule zu bekämpfen. Die Ersten, die körperlichen sowie geistigen Schaden erlitten, waren natürlich die Beschützer und Lehrer des afrikanischen Wissens, der afrikanischen Kunst. Jede Ausübung der traditionellen Medizin sowie der Einweihungsmethoden wurde mit Prügeln, meistens mit dem Tod bestraft. Vor dieser grausamen Tatsache flohen Priester, Weise und Greise in den Busch. Sie gingen in den Untergrund und lehrten ihr Wissens an die wenigen Jugendlichen, die bei ihnen blieben. So fing der Zerfall der traditionellen Schule zugunsten der westlichen Bildungsmethoden an. In jener Zeit – und sogar heute an manchen Schulen – war es verboten, die eigene Muttersprache zu sprechen. Täte man dies, so bekam man eine Glocke um den Hals und musste bei jedem Kopfdrehen zusehen, wie die anderen Schüler einen auslachten.

Die Tradition ging verloren.

Der schmerzhafteste Schlag wurde ihr allerdings mit den Unabhängigkeiten gegeben. Sie verlor jede Bedeutung, denn die meisten neuen Herren, die doch selbst Afrikaner waren, wurden von der europäischen Schule ausgebildet sprachen deren Sprache und eigneten sich deren Ideologie an.

Heute nach mehreren Jahren kehrt die Tradition zurück. Eigentlich war sie nie weg. Selbst wenn sie unter anderem mit neu überarbeiteten Formen der »importierten« Religionen konfrontiert wird. Es ist nicht selten zu sehen, wie Menschen am Morgen in die Kirche gehen und am Abend an einer Zeremonie zur Ehrung einer Gottheit in ihrer Familie teilnehmen. Die Wurzel ihrer ganzen Existenz liegt ja in dieser Tradition, die das Leben ihrer Ahnen seit Jahrhunderten, seit Jahrtausenden bestimmt. Man kann den Menschen nicht von seiner ursprünglichen Natur trennen. Niemand kann aus seiner Haut.«

Der alte Mann und ich saßen immer noch auf der Bank mitten in der Universitätshalle. Ab und zu während ich sprach, hustete oder nickte er bejahend mit dem Kopf. Als ich fertig war, schaute er auf seine Uhr und sagte zu mir:

»So, ich muss gehen. Es war sehr interessant mit Ihnen gesprochen zu haben. Ich hoffe, wir sehen uns wieder.«

Er verabschiedete sich und ging so subtil wie er gekommen war.

Ich blieb auf der Bank sitzen und schaute mich weiter um. Dann erinnerte ich mich, dass ich eigentlich in die Bibliothek gehen wollte. Jetzt hatte ich aber keine Lust mehr. Dieser Platz schien mir am besten zu sein, um eine Lektüre zu beginnen. Ich nahm mein Buch über politische Theorien des zwanzigsten Jahrhunderts aus meiner Tasche und fing an, zu lesen. Nach ungefähr zehn Minuten konnte ich nicht mehr weiterlesen. Es war lauter in der Halle geworden. Die Vorlesungen waren zu Ende und die Studierenden strömten aus den Hörsälen wie Termiten aus ihrem Hügel.

Vor mir hatte sich eine Gruppe von Studierenden zusammengefunden. Sie hatten ein Plakat in der Hand. Ich konnte nicht lesen, was sie darauf geschrieben hatten, weil sie es gefaltet hatten. Sie schienen einen Ort zu suchen, wo sie es hin kleben konnten. Nach langer Zögerung entschieden sie sich, das Plakat an die Galeriemauer zu kleben, wo auch viele Plakate schon hingen. Die Galerie befand sich in der ersten Etage der Universitätshalle. Dort gibt es zahlreiche Sitzplätze und zwei Cafés. Außerdem hatten die Studierendenvertretungen, wie der Allgemeine Studierenden Ausschuss, ihre Büros dort.

Die kleine Gruppe ging also die Treppe hinauf. Zwei junge Männer entfernten ein Plakat, dessen angekündigte Veranstaltung längst vorbei war. Die zwei jungen Frauen, die das Plakat hielten, falteten es auf und warfen es über die Galeriemauer. Nachdem sie das entfernte Plakat in Stücke zerlegt hatten, holten die Männer ein Klebeband und klebten nun ihr Plakat an die Mauer. Danach kam eine Studentin hinunter, um sich zu vergewissern, dass das Plakat gut positioniert war. Mit einem Daumenzeichen drückte sie ihre Zufriedenheit aus. Erst dann kamen auch die anderen herunter, schauten sich das Plakat an und schienen ebenfalls zufrieden zu sein. Dann gingen alle weg.

Als sie weg waren, warf ich einen Blick auf das Plakat. Alles war mit der Hand geschrieben. Die Buchstaben waren so schön gemalt, dass ich sofort mit der Lektüre anfing.

*Glaube und Wissenschaft. Wo stehst du?*

*Eine Veranstaltung der christlichen Gemeinde.*

*Wann: 10. Mai / Ort: C01-303 / Uhrzeit: 18:00*

Das könnte interessant sein. Ich konnte aber nicht daran teilnehmen. An dem Tag hatte ich um diese Uhrzeit ein Seminar.

»Jeder erwirbt Besitz. Weise ist aber, wer seinen Besitz wahren kann.«
*Sprichwort aus Tunesien*

# Im Namen Gottes

Diejenigen, die uns in der Heimat erzählten, wie Europäer lebten, sagten auch, dass die Kirchen nur noch für ältere Menschen stehen würden. Es würde sich keine Jugendlichen mehr für den kirchlichen Dienst, sogar für Gott interessieren. Der Glaube ließe zugunsten der Wissenschaft nach. Mit der technologischen Entwicklung hätten Europäer alles, was sie bräuchten. Wozu denn noch nach Gott suchen?

Den ersten Sonntag nach meiner Ankunft in Bielefeld wollte ich in die Kirche gehen. Ich hatte meinen Nachbarn Jan gefragt, ob eine in der Nähe war.

»Ja, Eure Eminenz«, antwortete er.

Während ich mich wegen seiner Anrede kaputt-lachte, schilderte er mir den Weg bis zur Kirche und fügte hinzu:

»Richten Sie dem lieben Gott meine herzlichen Grüße aus.«

Er hatte mir bereits bei unserer ersten Diskussi-on gesagt, dass er kein richtiger praktizierender

Christ sei. Trotzdem fragte ich ihn, ob er mich in die Kirche begleiten möchte. Er meinte, dass er für den Sonntag schon etwas geplant hatte und dass er das nächste Mal mit mir in die Kirche gehen würde.

Es war ein sonniger kalter Sonntag. Ich zog mich festlich an, tat ein bisschen von meinem unaufdringlichen Parfüm auf meinen Hals und meine Ohren. Ein Trick aus meiner Schulzeit, um Frauen, die wir umarmten, zu beeindrucken. Als ich aus dem Haus ging, hörte ich meinen Nachbar aus seinem Zimmer schreien:

»Bis später, Eure Eminenz!«

Die Kirche war nicht so schwer zu finden. Ich folgte die Wegbeschreibung meines Nachbarn und stand nach zwanzig Minuten davor. Die Glocken fingen gerade an, zu läuten, als ich den Pfarrhof eintrat. Überall auf dem Hof waren Blumen. Außer den Blumen sah ich keine Menschen. Ich erschrak bei dem Gedanken, ich hätte die Zeiten verwechselt und der Gottesdienst wäre bereit zu Ende. Aber die Tatsache, dass die Glocken läuteten, beruhigte mich.

Als erstes suchte ich den Eingang der Kirche. Ich hätte ihn schnell gefunden, wenn die Türen offen wären. So war ich an ihm vorbeigegangen. Ich fragte mich, warum die Kirchentüren an einem Sonntag, dem Tag des Herrn, geschlossen waren. In meiner Heimat ... Ach ich belasse es dabei. Es war kalt. Als ich mich den Türen näherte, gingen sie von alleine nach außen auf, um mich in die Kirche einzulassen.

Mein erster Blick: es gab viele Bänke, wie bei uns. Das Innere der Kirche war aus meiner Sicht prächtig. An der Wand hingen angezündete Kerzen. Der Altar war schön geschmückt und vier Kerzen brannten darauf. Das war alles, was ich auf den ersten Blick sehen konnte. Ach ja, die Menschen. Es waren viele da. Die Bänke waren zwar nicht voll, aber der Priester konnte sich nicht beschweren. Was ich aber bemerkte: es waren tatsächlich mehr ältere als junge Menschen da. Ich suchte mir einen Platz in der Mitte der Kirche. Auf der Bank saßen schon einige Gemeindemitglieder. Ich lächelte die alte Frau an, neben die ich mich setzte. Sie lächelte zurück, schien aber besorgt zu sein. In ihrem Gesicht konnte ich lesen: »Den hatte ich hier vorher noch nie gesehen.«

Vor mir saß eine Familie mit zwei Kindern im Alter von ungefähr sechs und acht Jahren. Das kleine Mädchen starrte mich an, seitdem ich mich gesetzt hatte. Der Vater versuchte zweimal, sie mit einem Kinderbuch von mir abzulenken. Aber sie war irgendwie von mir »besessen«. Die Situation war etwas unangenehm für mich. Ich hatte zwei Augen, die auf mich gerichtet waren und die mich genau zu porträtieren schienen. Vielleicht waren es nicht nur zwei Augen, die mich inspizierten. Ich drehte schnell meinen Kopf nach hinten. Überraschung: alle, die da waren, hatten ihre Augen auf mich gerichtet. Sie zuckten zusammen, als ich sie mit meinem Manöver überraschte. »Ich vergebe dir, kleines Mädchen«, sagte ich mir innerlich.

Als der Priester hereinkam, standen wir alle auf und die Orgel fing an, zu spielen. Mein Blick war nur auf den Altar gerichtet. Ich wollte mich nicht mehr um das kümmern, was hinter mir und um mich passierte. Ich musste mich konzentrieren. Doch Konzentration hat keinen Platz in einer Kirche. Vielmehr sollte man sich andächtig verhalten und sich innerlich sammeln, um mit Gott ins Gespräch zu kommen.

Ich fühlte mich aber irgendwie nicht wohl. Allein der Gedanke, dass die Leute mich heimlich beobachteten, brachte mich aus meiner Ruhe. Vor allem: das kleine Mädchen pflegte immer noch, mich anzustarren. Während alle standen, saß sie auf der Bank und überwachte mich mit ihrem Blick. Obwohl ich den Priester Schritt für Schritt zu verfolgen versuchte, wurde mir das Kindesspiel langsam genug. Ich blickte dem Mädchen tief in die Augen und schaute grimmig. Das hat funktioniert. Das Kind schmiegte sich an ihren Vater und ihr Blick verschwand in dessen Hose. Ich wusste, dass sie mich bald wieder anstarren würde. So sind halt Kinder. Aber für eine Weile hatte ich meine Ruhe.

Es ist üblich bei uns in der Heimat, dass wenn der Priester aufsteht, um das Evangeliar mit einer Prozession zum Ambo zu bringen und dort das Evangelium zu verkünden, die Gemeinde auch aufsteht. Als ich an diesem Tag in der Kirche fröhlich fast gleichzeitig mit dem Priester aufstand, musste ich feststellen, dass ich der einzige war, der dies tat. Selbst der Priester merkte es und warf mir einen kurzen Blick zu, bevor er das Evangeliar auf den Ambo legte. Das war für mich sehr peinlich. Ich wäre in dem Moment lieber im Boden versunken, um alle Blicke zu vermeiden. Ich wollte einfach verschwinden, denn mein Tun war ein guter Grund für die anderen in der Kirche, zu mir zu gucken und innerlich zu sagen: »Wer ist denn dieser Typ?«

Erst als der Priester »Der Herr sei mit euch!«, zu uns rief, stand die Gemeinde auf und antwortete »Und mit deinem Geiste«. Ab diesem Moment entschied ich mich, keine Bewegung mehr zu machen, ehe ich mich vergewissert hatte, dass die anderen auch das Gleiche taten. Das führte dazu, dass ich vor jedem Aufstehen zögerte, weil ich der Familie folgte, die vor mir stand und deren Kind mich immer wieder anstarrte.

Da ich in dieser Zeit noch keine Gebete auf Deutsch kannte, sprach ich alle Rufantworten und Gebete während des Gottesdienstes entweder auf Französisch oder in meiner Muttersprache je nach dem Gefühl, das ich empfand. Mir war bekannt, wann und in welchem Moment etwas während der Messe geschieht.

Beim Friedensgruß bewegte ich meine Lippen, ohne dass ein Wort aus meinem Mund kam. Nur die alte Dame, die neben mir saß, reichte mir die Hand. Ich nahm ihre Hand in meine beiden Hände und drückte sie lächelnd. Sie zog schnell ihre Hand weg und drehte sich um. Ich war schockiert. Wo sind denn das Lächeln und die Freude, die ich bei jedem Friedengruß in meiner Heimatgemeinde bekam? Waren einige überglücklich, wurde ich sogar umarmt. Zum Glück bekam ich ein Lächeln von der Frau, die hinter mir saß. Das waren die zwei, denen ich ein Zeichen des Friedens geben konnte. Ich war geschockt und enttäuscht.

Am Ende des Gottesdienstes blieb ich noch zwei Minuten auf meinem Platz sitzen. Ich schloss die Augen, betete und meditierte innerlich. Die Wörter der Maxime wurden mir wahr: *Andere Länder, andere Sitten.* Eine der Sitten in meiner Heimat, die mir gefehlt hat, war das Trommeln. Die Orgel war für mich etwas langsamer und nicht lebendig.

Einmal draußen schaute ich auf meine Uhr. Knapp eine Stunde hatten wir in der Kirche verbracht. Der Gottesdienst hatte sechzig Minuten gedauert. Ich war – wie man sagt – baff. Der letzte Gottesdienst, an dem ich in meiner Heimat teilnahm, dauerte zwei Stunden.

Am Sonntag danach, als ich meinen Nachbarn fragte, ob er mit mir in die Kirche kommen möchte, konnte er nicht. Er müsse zur Universität, denn seine Klausuren standen bevor. Tatsächlich wollte er einfach nicht in die Kirche gehen, denn er blieb den ganzen Tag zu Hause und spielte am Computer.

Ich hatte auch keine Lust, dasselbe zu erleben wie am Sonntag davor. Nicht nur an diesem Sonntag ging ich nicht in die Kirche, sondern auch die sechs Sonntage danach nicht. Zweieinhalb Monate lang betrat ich keine Kirche. Ich hatte nicht den Mut dazu. Vor allem wollte ich vermeiden, dass man mich wie einen Außerirdischen behandelt. Die Angst alles falsch zu machen war stärker als mein Wille, den Leib Christi zu empfangen. Allerdings versuchte ich jeden Tag zu beten. Dabei dachte ich stark an meine Mutter, die vor Schmerzen weinen würde, weil ihr Kind den Glauben an Jesus verlor.

Als ich an jenem Abend meine Koffer packte und mich auf die Reise nach Deutschland vorbereitete, kam meine Mutter zu mir in mein Zimmer. Ihr Gesicht war das einer besorgten Mutter. Ich merkte es, wenn sie besorgt war. Sie war immer still und legte beide Hände hinter den Rücken. Dann lief sie etwas gebückt mit den Augen auf den Boden gerichtet, als ob sie nach einem wertvollen Gegenstand suchte. Wollte sie sprechen, dann machte sie es mit einer ruhigen und leisen Stimme. So sprach sie auch, als sie zu mir in mein Zimmer kam und sich auf mein Bett setzte.

»Mein Sohn!«, seufzte sie.

»Ja, Mama ich weiß. Du bist traurig, weil ich weit reise. Ich bin auch traurig. Aber du brauchst dir keine Sorgen machen. Ich komme wieder. Ich werde dich jede Woche anrufen. Ich verspreche es.«

Ich war mir sicher, dass sie ihre Angst aussprechen wollte. Sie schaute mir in die Augen und schien meine Beherztheit zu schätzen.

»Keine Sorge, mein Sohn. Ich freue mich sehr, dass du nach Deutschland fliegst. Selbst wenn es mir schwer fällt dich gehen zu sehen. Ich freue mich aber sehr darauf.«

Sie kreuzte ihre Beine und fuhr fort:

»Ich habe heute nach der Messe mit Pfarrer Emiliano gesprochen. Du weißt, dass er aus Spanien kommt. Das ist auch in Europa. Wir haben über die Kirche in Europa gesprochen. Er meinte, dass die Kirchen nicht so voll wie hier seien.«

»Ja, ich weiß es. Das hat mir Tante Tina gestern erzählt. Du weißt, dass sie in Europa gelebt hat. Aber das ist nicht so schlimm«, erwiderte ich.

»Das ist nicht schlimm? Das macht mir Angst. Das heißt, dass der Glauben in Europa nachlässt und die Gefahr besteht, dass du deinen Glauben nicht mehr richtig lebst oder noch schlimmer, dass du ihn verlierst. Vergiss es nicht: ohne den Glauben bist du verloren!«

Während sie sprach, lächelte ich.

»Nein!«, schrie sie mich an. »Da gibt es nichts zu Lächeln. Hier! Ich habe dir ein paar Gebetsbücher und eine Bibel gebracht. Du wirst jeden Tag morgens und abends beten. Sonntags wirst du in die Kirche gehen. Hast du mich verstanden?«

Sie drohte mir fast.

»Du sollst den Glauben nicht verlieren, mein Sohn!«

Das waren klare Worte. So sprach meine Mutter, wenn es um den Glauben ging. So sprach sie, wenn es um Gott ging.

Ich bin christlicher Konfession. In einer katholischen Familie geboren, getauft und zur ersten Kommunion gegangen als ich zehn war. Ich war ein ruhiger Mensch, der alles sorgfältig beobachtete und stille aber feste Rückschlüsse aus jeder Situation zog. Meinen Glauben lebte ich auch zurückgezogen. Ich mochte es nicht, während der Katechese im Zentrum einer Diskussion zu sein. Und wenn der Katechet mir eine Frage stellte, antwortete ich immer kurz und punktuell. Ich war nicht schüchtern, eher wollte ich meine eigene Welt bestimmen können.

Auch zu Hause mochte ich es nicht, wenn Mutter mich für die Leitung des Morgen- oder Abendgebets auswählte. Ich wollte immer allein beten. Das war für mich die Möglichkeit, Gott persönlich zu treffen, mit ihm ins Gespräch zu kommen und ihm zu sagen, was andere nicht hören sollten, selbst die eigenen Eltern und meine vier Geschwister nicht.

Aber bei uns zu Hause war meine Mutter das Gesetz, wenn es um den Glauben ging. Selbst mein Vater wurde manchmal dazu gezwungen, mit uns zu beten. Er, der nur an bestimmten Anlässen in die Kirche ging: Weihnachten, Ostern, Taufe, erste Kommunion. Er, der im Haus der Patriarch war und sich alles erlaubte, was er wollte. Alles, außer zu entscheiden, ob er beten sollte oder nicht. Manchmal warf er meiner Mutter vor, zu übertreiben. Worauf sie mit einem »Amen«, antwortete.

Was uns Kinder bei meinem Vater entsetzte, war, dass er selber nie in die Kirche ging, uns aber zwang, dies jeden Sonntag zu tun. Meine Mutter war für uns alle eine Zuflucht, wenn wir spirituelle Unterstützung brauchten. Sie war die Seele des Hauses. Nicht nur im spirituellen Bereich, aber vor allem da. Mein Vater war eher der Hausherr, was auch immer unter dieser Bezeichnung zu verstehen ist.

Wir bekamen unser Taschengeld täglich von unserem Vater. Bis zu dem Tag, an dem Mutti neue Regeln schuf. Ein Punkt in ihrem Gesetzentwurf, der längst - ohne uns zu konsultieren - verabschiedet worden war, legte fest, dass nur diejenigen ihr Taschengeld bekommen würden, die bei den Gebeten zu Hause aktiv mitmachten. Aktiv hieß: wach bleiben, eine Fürbitte äußern, laut singen, einen Text lesen, die Gebete leiten. Hierfür wurden uns Kindern Wochentage zugeteilt, an denen jeder das jeweilige Gebet leitete. Trotz unser Protest wussten wir alle: alea iacta est.

Jeden Sonntag gab also Vater unserer Mutter unser Taschengeld für die neue Woche und man bekam es wirklich nur, wenn man die Kriterien, die ich vorhin genannt habe, erfüllte. Wie viele Male ich mein Taschengeld nicht bekam, kann ich nicht genau sagen. Ich kann nur sagen, dass ich mich mit dem Sohn des Bäckers unserer Schule und sogar mit dem Eisverkäufer persönlich angefreundet hatte. Mittags und abends aßen wir alle zu Hause.

Wir waren also »gezwungen«, zu beten. Für mich, der allein zu beten vermochte, war das ein Martyrium. An jedem Tag außer Samstag und Sonntag weckte uns unsere Mutter um sechs Uhr. Sie kam immer ein erstes Mal und klopfte an unsere Zimmertür. Dabei rief sie unsere Namen auf. Wir hörten sie zwar, aber welches Kind möchte denn schon um sechs Uhr aufstehen, es sei denn eine Reise steht bevor, oder es hat Geburtstag oder es war Weihnachten. Also schliefen wir wieder ein. Dann kam sie ein zweites Mal und wiederholte das gleiche Ritual. Wieder wurde ihre Stimme, die laut geworden war, wahrgenommen. Diesmal antworteten wir, schliefen aber wieder ein. Mein zweiter Bruder – ich bin der Älteste – wies mich manchmal darauf hin, dass Mutter da war und dass wir zum Gebet gehen sollten. Ich sagte ihm die meiste Zeit, dass ich meinen Namen nicht gehört hatte. Manchmal glaubte er mir, manchmal nicht. Und wir schliefen ein zweites Mal ein.

Fühlten wir Wassertropfen auf unserer Haut, so wussten wir, dass unsere Mutter zum dritten Mal zu uns gekommen war. Diesmal kam sie mit einer Flasche Wasser in unser Zimmer und goss das Wasser auf uns wie auf Blumen. Wollten wir nicht nass werden oder nicht, dass das Bett nass wurde, so standen wir auf und liefen in ihr Zimmer, wo sie einen Altar aufgebaut hatte. Sie kam dann hinter uns her und bat denjenigen von uns, der an dem Tag das Gebet leiten sollte, anzufangen.

Eines Tages schlossen wir unsere Zimmertür ab, sodass sie nicht reinkommen konnte. Das war keine gute Idee. Ein Wort an Vater reichte, um uns von der Idee, so etwas nochmal zu tun, abzubringen.

Ich habe das erzählt, nicht damit sie glauben, meine Mutter sei böse, oder ich würde sie nicht lieben. Im Gegenteil. Meine Mutter ist das liebevollste Wesen auf dieser Erde. Sie mochte streng sein, aber sie hatte uns allen das gegeben, was wir bei unserem Vater nicht finden konnten: offene Liebe. Ihr verdanke ich den Menschen, der ich geworden bin. Sie war streng und gleichzeitig zart. Ihr konnte ich alles sagen. Sie würde mich immer verstehen. Meiner Mutter lag es am Herzen, dass wir uns alle in der christlichen Gemeinde engagieren. Trotz ihrer Bemühungen war ich der einzige von ihren fünf Kindern, der wirklich ihrem Wunsch nachgekommen war.

Was würde sie nun denken, wenn ich ihr erzählte, dass ich seit zweieinhalb Monaten nicht in die Kirche ging. Deswegen log ich jedes Mal, wenn ich sie anrief und fragte, ob ich betete und vor allem, ob ich an Gottesdiensten teilnahm. Dann forderte sie mich auf, ihr alles zu erzählen, was ich erlebt hatte.

»Und? Gibt es mehr ältere Menschen als Jugendliche? Sind die Gottesdienste langweilig, wie Tante Tina es meinte? Hast du dich schon bei dem Pfarrer vorgestellt? Was hat er dir gesagt? War er freundlich zu dir? Bist du der einzige Afrikaner? Bist du in einer Gemeindegruppe? Du musst aktiv sein«, fragte Mama auf einmal.

Ich antwortete, dass die Gottesdienste hier nicht so langweilig wären, dass es wenige Jugendliche in meiner Gemeinde gab, dass ich der einzige Afrikaner war, dass ich mit dem Pfarrer gesprochen hatte, und dass ich in dem Kirchenchor sänge.

Sie freute sich riesig und segnete mich. Ich wusste nicht, ob ich die Segen wirklich bekam, denn ich hielt mich jeden Tag von der Kirche fern. Mein Studium und vor allem das Leben hier nahmen mir das, was ich je für wichtig gehalten hatte.

Ich war den ganzen Tag in der Universität. Die meisten Vorlesungen und Seminare waren für mich unverständlich, so dass ich mir nach jeder Unterrichtsstunde die empfohlene Literatur holte und sie las. Nicht nur waren die Vorlesungen unverständlich, sondern und vor allem waren die Unterrichtsstoffe für mich völlig neu, denn mein Bachelorstudium in meiner Heimat bot keine Grundlage dafür. Obwohl ich genauso viel Zeit mit dem Lernen verbrachte, als während meines Bachelorstudiums, hatte ich hier keine Zeit für Gott.

Als ich noch in Benin war, ging ich jeden Abend nach meinen Vorlesungen in die Kirche, um zu beten. Hier ging ich nach Hause. Vor allem die Kälte siegte über meinen Willen. Ich wollte nur noch schnell in die Wärme, mir einen Tee machen und unter meine dicken Decken schlüpfen. Eigentlich hätte ich auch im Bett beten können, aber da liebäugelte ich mit meinem Smartphone. Bis spät in der Nacht surfte ich im Internet, beantwortete E-Mails, schrieb SMS, chattete. Dann schlief ich einfach ein, weil meine Augen sich von selbst schlossen. Manchmal ging ich mit meinem Nachbarn und seinen Freunden auf Partys oder in die Disco. Ich fing an, zu rauchen und den bitteren Geschmack des Alkohols zu lieben. Alles, was ich in meiner Heimat nie gemacht hatte.

Keiner von meinen neuen Freunden ging in die Kirche, angefangen bei meinem Nachbarn Jan. Sie alle lebten aber ein »ordentliches«, Leben und kamen bisher in ihrem Studium voran. Also dachte ich mir, dass Gott alle liebhaben sollte. Wieso sollten wir denn in Afrika den Gott der Europäer preisen und loben, wenn die Europäer es nicht tun, trotzdem aber »gut«, leben?

Bei dieser Frage dachte ich nochmal an meiner Mutter. Manchmal wusste ich nicht mehr, ob sie mein Studium wirklich interessierte. Wenn ich sie dann diesbezüglich fragte, antwortete sie, dass Gott über allem stünde und ohne ihn würde ich mein Studium nicht schaffen. Sie wüsste, dass wenn ich an Jesus glaubte, ich mein Studium logischerweise erfolgreich abschließen würde.

Alles hier schien mir aber das Gegenteil zu beweisen. Keiner preise Gott, damit er gut in der Prüfung abschnitt. Man lernte dafür und fertig. Man stütze sich auf eigene Fähigkeiten. In allem. Jederzeit. Selbst in der Kirche rief man zu Gott, damit er Studierenden den Mut gibt, sich in schwere Zeiten nicht in sich selbst zurückzuziehen, sondern Kräfte bei anderen zu suchen. Stärke ist nicht bei Gott zu suchen, sondern bei den anderen Mitmenschen. Gott sollten wir nur um Segen bitten, sagte ein Freund von mir. Alles andere hätte er uns gegeben. Statt jedes Mal darauf zu warten, dass er uns helfen würde, sollten wir in jedem Andere auf dieser Welt eine Hilfe Gottes sehen.

Das hätte ich gern meiner Mutter gesagt. Denn ich war nicht mehr derselbe Junge, der ich einmal war. Ich war nun eine Hilfe Gottes für andere. Ich war nun die Ohren und Augen Gottes. Ich war Gott.

»Wer immer in den Himmel schaut, wird nie etwas auf der Erde entdecken.«
*Sprichwort aus Benin*

# Hier und dort

Eines Tages, als ich in der Straßenbahn Linie 3 in Richtung *Babenhausen Süd* saß und in die Stadt fuhr, stieg ein Mann höheren Alters an der Haltestelle *Oststraße* ein. Er hatte eine dunkle Haut, wie ich und schien einiges in seinem Leben erlebt zu haben. Da ich nicht so weit von der Tür entfernt saß, merkte er mir sofort. Er grüßte mich mit einer Handbewegung und nahm vor mir Platz. Nachdem die Türen schlossen und die Bahn weiterfuhr, sprach er mich an:

»Hello Bro!«

»Hi!«, antwortete ich kurz und trocken.

»Du komms from Africa?«

An seinem Akzent und seiner Wortwahl merkte ich, dass er aus einem englischsprachigen westafrikanischen Land stammen könnte. Und seine sprachlichen Fehler ließen mich vermuten, dass er entweder nicht lange in Deutschland war oder seine Sprache fossilisiert war.

»Ja!«, antwortete ich.

»Welche Land?«, wollte er noch wissen.

Er fing an, lästig zu werden. Und ich vertraute ihm irgendwie nicht. Seit meiner Ankunft hatte ich noch mit keinem dunkelhäutigen Menschen aus Afrika geredet. Nicht, weil ich keinen getroffen hatte. Aber wenn ich einen traf, ging er oder sie an mir vorbei, entweder ohne mich anzuschauen oder er grüßte mich mit einer schnellen Kopfbewegung.

Am Anfang hatte ich sie alle mit einer Handbewegung und Ausdrücke wie »Hallo!«, »Guten Morgen!«, »Guten Tag!«, »Guten Abend!«, gegrüßt. Als ich aber merkte, dass viele mich nicht beachteten, entschied ich mich, dunkelhäutige, aus Afrika stammende Menschen nur zu grüßen, wenn ich sicher war, dass sie es auch wollten. Aber der Typ vor mir hatte mich als Erstes gegrüßt. Das hatte ihn entschuldigt. Deswegen antwortete ich ihm, dass ich aus Benin kam.

»Benin City. Are you from Nigeria?«, sagte er mit einem Hauch Freude im Gesicht.

»Nein, Benin, das Land neben Nigeria«, antwortete ich heftig.

In der Tat kannten viele englischsprachigen Menschen aus Westafrika nur die im Süden Nigerias gelegene Stadt *Benin City* und verwechselten sie mit dem heutigen Staat Benin.

»Aha! Aha! Benin«, antwortete er mit einer Betonung der letzten Silbe.

Als ich darauf nicht reagierte, fuhr er fort:

»Benin, Cotonou. Okay, okay. Du bis neu hier, ne?«

»Ja. Ich bin vor sechs Monaten gekommen«, murmelte ich.

»Oh my God. Ganz fresh. Ganz fresh. Ganz fresh.", schrie er mit lauter Stimme.

Da er viel älter als ich aussah, wollte ich ihn nicht nach seiner Herkunft und wie lange er schon hier lebte, fragen. Das wäre respektlos. Aber so schräg, wie er saß, ahnte ich, dass er so ein Schwätzer sein könnte und alles von sich selbst sagen würde.

Er trug einen dicken schwarzen Mantel, noch dicker als der, den ich auf dem Flohmarkt in meiner Heimat vor meiner Anreise gekauft hatte. Den letzten oberen Knopf ließ er auf, so dass ich ein blaues T-Shirt unter dem Mantel bemerken konnte. Eine schwere weiße Metallkette umringte seinen Hals. Sie war so schwer, dass er sie die ganze Zeit drehen musste, um die Last auf den ganzen Hals zu verteilen.

Seine Haare waren gut gepflegt und gleichmäßig auf seinem rechteckigen Kopf verteilt. Auf seiner Stirn waren drei Pickel und so, wie sie rot glänzten, kratzte er sie bestimmt gerne gelegentlich. Ich konnte seine Augen nicht sehen, denn er trug eine breite schwarze Brille, die die Hälfte seines

Gesichts bedeckte. Auf der anderen Hälfte bis zum Kinn herrschte sein Maisfeld-Bart uneingeschränkt und ungepflegt. Ich wollte ihn nicht bis zum Fuß inspizieren. Er hätte es bemerkt und das wäre unhöflich.

Nachdem er mich heimlich ausgelacht hatte, weil ich hier »ganz fresh«, war, erzählte er mir, dass er länger als ich in Deutschland lebte, nämlich seit dreißig Jahren:

»Mein Son, let mich dir etwas sagen. Ich lebe here since dreißig Jahren.«

Ich zuckte zusammen. Für jemanden, der hier so lange lebte, waren seine sprachlichen Kompetenzen so gering, dass er fast nicht zu einer Unterhaltung fähig war. Ich konnte ihn nur verstehen, weil ich ein bisschen Englisch konnte. So ahnte ich, was es meinte.

»Du bis ninezehn, ne?«, fragte er mich anschließend.

»Ich bin nicht neunzehn«, antwortete ich und verzog mein Gesicht.

»Aber du bis so young, ne!«, wollte er trotzdem anmerken und fuhr fort:

»When ich come in Deutschland, ich war ninezehn, okay? Und ich war so young. Und allein. Ich hab hard gearbeitet, weiß du? Ich hab drei Kinder. Alle groß. My große Kind is ninezehn. Du bis ninezehn, ne?«

»Nein, ich bin nicht neunzehn!«, wiederholte ich.

Aber diesmal blieb ich locker. Ich fragte mich eher, warum er mir das alles erzählte.

»Ich steige an der nächsten Haltestelle aus«, sagte ich ihm, damit er nicht weiter erzählte oder Fragen stellte.

»Hauptbahnhof? Ich auch, ich auch. So wir can weitermachen«, lächelte er mit einem sehr starken von nigerianischen Nationalsprachen geprägten Akzent.

Er krempelte den linken Ärmel seines Mantels nach oben und enttarnte eine dicke goldene Armbanduhr. Dann hob er ganz langsam die linke Hand, weil sie wegen der Uhr so schwer geworden war, schaute auf die Uhr und fragte mich, ob ich den Afroshop am Bahnhof kannte. Da würde ich alles finden, was ich aus Afrika kannte: Okra, Yamswurzel, Maismehl, Maniokmehl, Palmöl, Bohnen. Beim Hören der drei letzten Worte glänzten meine Augen, mein Bauch wurde flach und ich bekam Speichel in den Mund. Das waren Komponenten meines Lieblingsessens.

Als wir am Hauptbahnhof ausstiegen, forderte er mich fast auf, ihm zu folgen. Er würde mir den Laden mit afrikanischen Lebensmitteln zeigen. Den

Ladenbesitzer würde er kennen und alle Angestellten würden ihn kennen. Ich erklärte ihm, dass ich gerne gekommen wäre, aber ich wollte eigentlich zu MoneyGram gehen, um meinen Eltern Geld zu überweisen.

»Komm my son! Du bis really neu here. Ganz fresh. MoneyGram is direct neben Afroshop. Komm ich zeige dir!«,

Und er ging die Treppe hinauf, um aus dem unterirdischen Straßenbahnbahnhof zu kommen.

Ich folgte ihm, fragte mich aber, ob es wirklich einen afrikanischen Laden neben MoneyGram gab. Ich war schon dreimal dort und konnte Afrika in der Nähe nicht riechen. Als ich neben ihm auf der Rolltreppe war, sagte er zu mir:

»My son, du siehs wie alle uns gucken? Pass auf! Kein Vertrauen here. Seriously. Has du Freunde here? Has du, ne? Look, du bis neu here, du must aufpassen. Verstehs du? Has du Familie here?«

Ich antwortete »Nein!«. Aber das hörte er nicht.

Denn wir waren oben angekommen und er sah einen anderen Afrikaner, der die Straße in unsere Richtung überqueren wollte. Er rief ihn heran. Der andere Typ winkte ihm zu und schrie:

»Hello Anthony!«,

Sie trafen sich in der Mitte der Straße und hielten an, um sich die Hände zu schütteln. Aber nicht nur.

Sie blieben auf der Straße stehen und während sie sprachen, warfen sie ab und zu Blicke nach rechts und nach links, um nach vorbeifahrenden Autos Ausschau zu schauen. Ich fasste es nicht. Ich hatte das Gefühl, mich in Benin zu befinden, wo alles so kommt, wie es kommt.

Ich wartete auf der anderen Seite der Straße und beobachtete die zwei Männer, die sich nun in ihrer Muttersprache austauschten. Als ich diese hörte, war für mich klar: sie waren aus Nigeria. Mehr kann ich auch nicht sagen, denn beide Männer verabschiedeten sich, als sie ein Auto bemerkten, das in ihre Richtung fuhr.

Anthony lief zu mir. Weil er viel älter als ich war, werde ich ihn mit »Herr Anthony«, ansprechen. Er entschuldigte sich, dass er mich hatte warten lassen. Ich lächelte. Dann sagte er, dass er diesen Freund Victor lange nicht gesehen hatte. Dieser schuldete ihm ein Bier. Ich lachte laut.

Als wir nicht mehr weit von dem angeblichen Afroshop waren, warnte mir Herr Anthony davor, mit dem einen Mädchen an der Kasse zu sprechen.

»Warum?«, wollte ich wissen.

»Sie is die daughter von my Freund, die Chef Ali. Er mag nicht, wenn Yunge mit sein daughter reden«, antwortete er.

»Okay, aber wie soll ich denn zahlen, wenn ich mit ihr nicht spreche?«, wunderte ich mich.

»Du kanns »Hallo«, sagen und when du fertig bis, kanns du »Tschüs«, sagen. Aber nicht viel reden, okay? Ich will keine Problems«

Ich kapierte nicht diese Form des gesellschaftlichen Lebens, aber ich nickte mit dem Kopf.

Wir hielten vor einer Glastür an und Herr Anthony zeigte mit seinem rechten Zeigefinger nach oben. Ich folgte seinem Finger und sah ein blaues Schild, auf dem geschrieben war:

NAJAF – LEBENSMITTEL UND KOSMETIK
AUS ASIEN UND AFRIKA.

Er drehte sich nach links und zeigte mir in der Ferne ein großes Schild, das sich etwa dreihundert Meter von unserem Standort befand:

»Guck mal, da is MoneyGram. Ich sag dir, das is neben Afroshop. Komm, komm!«, eilte er sich.

»Von wegen direkt neben Afroshop«, brummelte ich vor mich hin und ging zur Tür des Afroshops.

Die Tür ging automatisch auf. Gleich drin schrie Herr Anthony zu einem Mann, der auf einem Karton saß und zu schlafen schien:

»Ali, Ali du must arbeiten. Keine Pause. Aufstehen!«

Der Ali wachte aus seinem Mittelschlaf auf, lachte laut, machte sich wieder zurecht und erwiderte ihm:

»Anthony, du hier? Heute keine Arbeit?«

»No, ich bin krank. Keine Lust heute«, antwortete Herr Anthony leise, als ob er etwas zu verstecken hatte.

»Ach du immer krank«, sagte Ali.

»My deutsche Kollegen immer krank auch. Ich must manchmal allein im Lager arbeiten«, rechtfertigte er sich.

»Jaja, jaja«, sagte Ali und fragte ihn: »Was willst du kaufen?«

»Gar nicht. Ich bringe my son. Er is neu here, ganz fresh, ganz fresh. Er kenn nicht NAJAF. So er is my son. Mach gute price für ihn, okay?«

Ali näherte sich mir und klopfte mir auf die Schulter:

»Anthony ist bala-bala. Im Supermarkt, nicht viel Preise. Nur ein Preis. Aber nicht teuer. Deutsche Supermarkt teuer, aber ich nicht.«

Trotz seines gebrochenen Deutschs verstand ich, dass er nur feste Preise anbot und dass keine Verhandlungen möglich waren. Während er zu mir sprach, wäre ich zweimal fast ohnmächtig geworden. Sein Mund roch nach verdorbenem Fisch und blutigem Fleisch. Ich wusste nicht, wie er Kunden bedienen konnte, ohne sich dabei unwohl zu fühlen, wenn Kunde die Miene verzogen. Naja.

Ich bemerkte aber, dass Ali kein Afrikaner war. Er hatte zwar eine dunkle Haut, aber sein Aussehen und Aussprache verrieten, dass er entweder aus Pakistan oder Indien stammte. Zwischen den beiden Augenbrauen hatte er sich einen roten Punkt gemalt. Seine Haare waren sehr lang und von weißen Streifen durchquert. Ich war noch dabei, Ali detaillierter zu inspizieren, als die Hand von Herrn Anthony mich aus meinem stinkenden Albtraum holte. Er wollte mir die Lebensmittel aus Afrika zeigen. Wir gingen an den ersten Regalen vorbei bis zur Mitte des Geschäfts:

»Here is Afrika, my son«, jubelte Herr Anthony als wir stehen blieben. »Du has alles, was du braucks. Hier, guck mal: Maismehl, Maniokmehl, Yamsmehl. Das is from Nigeria. In meinem Dorf machen sie das. Oh my God, Africa is good!«

Herr Anthony war tatsächlich aus Nigeria. Ich hatte es gut geahnt. Und ich merkte, dass er sein Land vermisste. Nur hier in diesem Laden, zwischen den Lebensmitteln, in der Mitte eines Afro-asiatischen Shops findet er wieder seine Wurzeln, die tief in ihm vergraben waren und ihn nie verlassen werden. Er freute sich wie ein kleines Kind. Ich folgte seine Bewegungen hin und her. Hier nahm er eine Flasche Palmöl, suchte nach dem Preis, fand ihn, fluchte und legte die Flasche wieder in das

Regal. Dort öffnete er einen Tiefkühlschrank, holte eine Tüte gefrorenes Rindfleisch heraus, suchte nach dem Herkunftsland, las »Aus Indien«, und bevor er sie wieder in den Kühlschrank legte, roch er an der Tüte, ließ den Atem durch seine Adern fließen und zog ein Gesicht.

Am Ende brachte er mich zur Gemüseabteilung. Er öffnete einen Kühlschrank, holte eine Okra heraus und fragte mich:

»Kennst du this? Das is Okra. When deine Frau koch für dich, denn du bis im Paradies. Has du eine Frau? Ah, du bis allein, ne. Du must aufpassen. Du bis young. So fresh. Du must arbeiten und denn bring deine Familie hier. So du kanns hier leben«, beschleunigte er wie ein Sputnik.

Ich war etwas verwirrt, denn er hatte viele Themen angesprochen. Und mich nervte es, wenn er die ganze Zeit die Tatsache ausnutzt, dass ich hier neu war. Ich antwortete ihm, dass ich nach meinem Studium zurück in meiner Heimat gehen und dort für mein Land arbeiten würde.

»Oh my God. Das is nicht good. Du bis so young and fresh. Moment, please«, sagte er.

Er legte die Okra wieder in den Kühlschrank, schloss die Tür und lehnte sich an eines der Regale.

»Guck mal!«, fing er an.

Bevor er weitersprach, setzte er seine große Brille auf. Seine tiefen, kühlen kleinen Augen wurden ungeduldig. Er wollte mir unbedingt etwas sagen. Also hörte ich ihm zu. So wie ich es seit unserem Treffen in der Bahn machte.

Er erzählte mir, dass es nicht gut wäre, nach Hause zurückzukehren. Ich würde da unten wieder von null anfangen. Ich würde keine Arbeit haben und ausgelacht werden. Er empfahl mir, alles zu tun, um hier zu bleiben. Nur auf diese Weise könne ich etwas in meinem Leben schaffen. Mit dem Geld, das ich hier durch Arbeit bekäme, könne ich meine Familie unterstützen. Ich könne vor allem ein Grundstück in meiner Heimat kaufen und ein Haus bauen. Hier wäre zwar kein Paradies, aber das Leben wäre viel schöner als da unten in Afrika.

»Glauben Sie?«, fragte ich ihn höfflich, als er fertig war.

Anstatt mir zu antworten, lächelte er und sagte, dass ich viel zu lernen hatte.

»First, here gibt es keine große Mensch und kein kleine Mensch. Alle sind gleich. So du must mich du sagen. Das is Deutschland. Ich verstehe, du bis neu hier. Aber du must mich du sagen, okay?«

»Okay«, murrte ich geschockt.

Als er weitersprechen wollte, klingelte sein Handy in seiner Manteltasche.

132

»Wait!«, rief er mir zu, bevor er ranging.

»Hello! Hello!«, schrie er den Anrufer an. »Wie geht's Bro?«

Während er mit dem Anrufer sprach, gingen seine letzten Worte an mich durch meinen Kopf. Ich fragte mich, ob ich mich unbedingt an diese Gesellschaft und ihre für mich neue Lebensweisen anpassen sollte, um mich nicht ausgeschlossen zu fühlen.

In meinem ganzen kleinen Leben hatte ich nur drei »Menschenkategorien«, geduzt: mich selbst, meine Gleichaltrigen, meine Geschwister. Mit den beiden letzten meine ich auch den großen Freundes- und Familienkreis, denn die Familie bei uns in Benin ist so groß und lang wie die Wurzel eines Affenbrotbaumes: Urgroßeltern, Großeltern, Eltern, Onkel, Tanten, Kinder, Freunde von der Familie, das ganze Viertel und seine Umgebung. Kinder haben nicht eine Mutter, sondern Mütter, die das Recht beziehungsweise die Pflicht hatten, sie wie ihre eigenen Kinder zu erziehen. Ein Sprichwort aus Benin besagt: *Ein Kind wird vom ganzen Dorf erzogen*. Das wurde nicht nur gesagt, um die Solidarität zwischen Stämmen mündlich zu beweisen; das hatte sich als Regel, als Gesetz etabliert, nach dem alles und alle funktionieren.

Um es zu beweisen, möchte ich die folgende Anekdote erzählen:

Der Vater eines guten Freunds von mir erzählte uns aus seiner Kindheit eine persönliche, unvergessliche Erfahrung mit diesem Gesetz: Nach der Schule und auf dem Weg zum Familienhaus spazierte oder besser gesagt, amüsierte er sich noch barfuß am Rande der Straße. Da kam plötzlich ein Mann auf ihn zu. Er war kein Familienangehöriger, geschweige denn ein Freund seines Vaters, seiner Mutter oder seiner ganz großen Familie. Der Mann sah nicht wie der Großvater aus, dem alle in der Familie ähnlich waren. Den Mann hatte er nie gesehen; vielleicht nur einmal.

Das unbekannte angebliche Familienmitglied zog ihn bei den Ohren und fragte, was er um diese Uhrzeit noch hier draußen machte. Es war halb eins und die Sonne schien immer noch und brannte auf seinen durch die Jahre verdorbenen Kopf. Der Mann füge hinzu: »Bist du nicht der Sohn von dem und dem?« Als der Junge nickte, zog der unbekannte Familienangehörige ihn an den Händen und begleitete ihn bis nach Hause, etwa fünf Kilometer vom Platz des Geschehens entfernt. Dann berichtete der Wohltäter seinem Vater alles, von A bis Z. Als Dank lud der Vater nicht nur den Mann zum Essen und Trinken ein, sondern prügelte seinen Sohn noch vor ihm.

Der Vater meines Freundes beging damals zwei Fehler: sich nach der Schule auf der Straße zu amüsieren und seinen Vater zu duzen. Das bedeutet, er hat seinen Vater vor den Augen des fremden Mannes gedemütigt. Denn man braucht nicht unbedingt »Du«, sagen, um jemanden zu duzen. Allein die Taten reichen vollkommen aus.

Nicht nur Eltern also erziehen Kinder, sondern vorwiegend die Straße. Kleine dunkle Gassen, schräge Gebäude, Büsche, Wälder, Seen, Flüsse, große schräge Gebäude sowie kleine verwinkelte dunkle Gassen.

Anthony war immer noch am Telefon. Ich entfernte mich, um mir die Produkte in den Regalen besser anzuschauen. Ich blieb aber in dem Gang, in dem wir waren.

Ali hatte wirklich fast alles aus Afrika. Hinter mir waren geräucherte in einer Tüte konservierte Aale; Ursprung: Nigeria. Im Fach unter den Aalen fand ich Gewürze aller Sorten. Ferner fand ich viele Packungen weißer Bohnen. Als ich eine Tüte Bohnen mitnehmen wollte, hörte ich plötzlich:

»Nein, my son. This is nich good. Guck here. This is good.«

Das war Anthony. Er zeigte auf eine andere Tüte weißer Bohnen.

»This is aus Nigeria. Really good. Really good. Komm, nimm. Ich bezahle«, sagte er.

»Ähm, ähm, das müssen Sie, ähm, musst du nicht«, erwiderte ich.

»Kein Problem, kein Problem. Du bis my son. Komm!«, beharrte er.

»Ali, Ali, my son kauf Bohnen, aber ich zahle, okay?«, schrie er, obwohl wir den Ali gar nicht sehen konnten.

»So, was mackst du heute Abend?«, fuhr er fort. »Ich treffe my Freunde. Wir treffen manchmal. Und reden über Afrika, Europa, Politik, weiß du? Kannst du kommen?«

Zum ersten Mal, seitdem wir uns in der Bahn trafen, fragte er mich nach meiner Meinung, bevor er etwas für mich entschied. Das fand ich gut. Ich zögerte und überlegte kurz, ob ich zum Treffen gehen sollte. Mein Vater hatte mir ja gesagt, ich solle mich nicht mit Leuten treffen, die ich nicht kannte und dass ich aufpassen sollte. Ich liebte aber Politik und war bereits in meiner Heimat sehr aktiv gewesen. Außerdem musste ich mir hier auch Freunde suchen und versuchen mich zu integrieren. Vielleicht könnte ich aus den Erfahrungen der Afrikaner hier lernen. Vor allem von Anthony. Und der war ungeduldig. Also fragte er:

»Komms du? Komm! Das is gut für dich. Du bis ganz fresh und…«

»Jaja!«, unterbrach ich. »Wo ist das?«

»Bei mir in my House. Oststraße. Ich gebe dir die Adresse. Has du ein Telefon?«

»Wo denn sonst, wenn nicht bei dir?«, dachte ich mir innerlich.

Und wir tauschten unsere Telefonnummern. Er wollte mir später die Adresse per SMS schicken.

»Komm! Wir gehen. Ich hab kein Zeit. Has du die Bohnen? Komm!«

Er lief fast zur Kasse und ich hinterher. Ich erinnerte mich an die Tochter von Ali, die an der Kasse stehen sollte und die ich besser nicht ansprechen sollte. In diesem Moment drehte sich Anthony um, und mahnte mich:

»Nich mit die daughter viel reden, okay?«

»Okay!«

Als wir an der Kasse kamen, waren schon drei Kunden vor uns. Anthony bat mich, die Tüte weißer Bohnen auf das Fließband zu legen und holte sein Portemonnaie aus seiner Manteltasche. Er setzte seine Brille wieder auf und arrangierte den Kragen seines Hemdes. Dann legte er seine linke Hand auf den Rand des Fließbands und fing an, leise vor sich hin zu pfeifen. Ab und zu drehte er sich um und schaute mich lächelnd an.

Als wir dran waren, sagte er zu Alis Tochter:

»Hello Schatz! Wie geht's?«

Die Tochter von Ali schenkte ihm aber keine Aufmerksamkeit. Sie nahm die Tüte Bohnen, scannte sie und sagte:

»Drei Euro neunundneunzig, bitte!«

Anthony schien ihre Reaktion nicht zu stören. Er zog einen fünf Euro Schein aus dem Portemonnaie und sagte:

»Mack vier Euro. Kein Problem Schatz.!«

Die Tochter von Ali nahm den Schein, tippte auf die Kasse, die sich öffnete. Sie legte den Schein hinein und holte eine Ein-Euro-Münze heraus, die sie fast schon auf den Zahltisch warf. Anthony nahm sie und während ich die Bohnen in eine Tüte packte, sagte er zu der Tochter von Ali:

»So Tschus Schatz! When du wills wir können Kaffee zusammen trinken, okay?«

Aber die Tochter von Ali machte einfach weiter.

Erst in diesem Moment wurde mir klar, was für perverse Gedanken in Anthonys Kopf verweilen. Denn das Mädchen könnte seine Tochter sein. Ich sagte aber kein Wort dazu. Als wir draußen waren, versicherte er mir, dass er entweder mich anrufen, oder seine Adresse per SMS schicken würde. Dann klopfte er mich auf die Schulter und sagte:

»Tschus my son! Bis später«

Es war genau 19 Uhr als ich an der Tür von Anthony klopfte. Von draußen hörte ich bereits Männerstimmen, die hart diskutierten. Als Anthony die Tür aufmachte, grüßten mich erst mal der Duft von Basmatireise und der von Erdnusssoße. Meine Geschmackpapille freute sich und mein Bauch auch. Anthony hatte ein Glas in der linken Hand. Es duftete sehr nach Alkohol; Whisky. Mit der anderen Hand umarmte er mich und sagte:

»My son, my son, wie geht's? Komm rein! Komm rein! Riechs du das? Riechs du es? Das is from Afroshop. Erdnuss«

»Aber lass ihn doch mal rein Tony!«, rief einer der Männer von innen.

»Klappe Patrick! Klappe! Das is my son«, schimpfte er.

Ich war nur am Lächeln. Ich konnte sowieso nicht anders. Das hier war mir etwas fremd. Ich fragte mich, ob es wirklich richtig war, hierhergekommen zu sein. Nachdem Anthony mir sagte, dass seine Freunde etwas verrückt waren, betrat ich endlich seine Wohnung und er schloss die Tür hinter mir. Dann bat er mich darum, meine Schuhe auszuziehen, sonst würde ich seine Frau ärgern.

»Weiß du: Frauen schreien für nichts.«

Ich lächelte, zog meine Turnschuhe aus und stellte sie neben die anderen, die schon da waren. Meinen Mantel zog ich auch aus. Anthony nahm ihn und hing ihn an die Mauer hinter ihm. Die Wohnungstür befand sich zwischen der Küche und dem Wohnzimmer. Ich folgte Anthony ins Wohnzimmer.

Da saßen bereits drei Männer. Zwei waren Afrikaner und der dritte war Europäer. Dieser sah übrigens aus, als hätte er zu viel unter der Sonne gesessen. Denn sein Gesicht war rot wie eine Tomate. Er war Mitte fünfzig und schien, genauso wie Anthony, viel erlebt zu haben. Er hatte nicht so viele Haare auf dem Kopf, aber die, die er hatte, waren gut gepflegt und schön gekämmt. Weil er nicht weit vom Wohnzimmereingang saß, stand er auf und grüßte mich als Erster. Seine Hand war dick und rau wie ein Reibeisen. Er lächelte mich bis zu den Ohren an, inspizierte mich von unten nach oben und sagte:

»Hallo, junger Mann. Geht's gut?«

»Ja, danke und Ihnen?«, wollte ich wissen.

»Immer. Immer. Vor allem, wenn ich bei Thony bin. Oder Thony?«

»Richtig. Richtig«, rollte Thony die »r«.

Ich ging drei Schritte weiter nach rechts und grüßte den ersten Afrikaner, der auf seinem schwarzen Ledersessel sitzen blieb. Dass er sitzen geblieben war, störte mich nicht, denn er war sehr groß. Ich schätze mindestens zwei Meter groß. Wäre er aufgestanden, hätte ich wie ein Zwerg neben ihm ausgesehen. Sein Arm war genauso lang wie sein Bein. Okay, ich übertreibe, aber er rührte sich nicht vom Sessel, als er mir seine Hand reichte. Ich nahm sie und schüttelte sie so stark ich konnte. Oder besser gesagt, er schüttelte meine Hand so stark, dass ich dachte, er würde sie brechen. Seine sehr laute Stimme traf mich tief in meine Brust:

»Mein Kleiner!«, donnerte er. »Thony hat gesagt, du wärst hier neu? Schön. Schön. Du bist hier richtig. Komm setzt dich neben mich!«

»Nein, Patrick!«, schrie Anthony, der hinter mir stand. »Sein seat is here, neben mir!«

Und er zeigte auf ein blaues Sofa, das sich in der Mitte des Wohnzimmers vor dem Fernseher befand. Dann drängelte er mich mit der Fingerspitze, damit ich weiterging.

Der zweite Afrikaner war auf den ersten Blick gar keiner. Also nicht wirklich.

»Ich bin Steves. Schön dich kennenzulernen«, kam er mir entgegen.

Bevor ich ihm antworte, sagte Anthony:

»Das is unsere Halfafrikaner. Ghana and Deutschland.«

Steves hatte also einen Migrationshintergrund, wie man es hier so schön sagt. Er war ein Mischling. Sein Vater kam aus Ghana und seine Mutter war Deutsche. Seine Haut war heller als meine und er hatte sich die Haare wachsen lassen, so dass er wie ein Pilz aussah. Außerdem war er der jüngste in der Gruppe. Seine sportliche Gestalt ließ mich ahnen, dass er mindestens drei Mal in der Woche trainierte.

Anthony führte mich bis zum blauen Sofa. Ich sollte mich links auf das Sofa hinsetzen, denn er wollte nah an dem kleinen Tisch, der sich rechts befand, sitzen. Auf dem Fernsehtisch vor uns waren Weingläser aufgestellt. Bevor er sich hinsetzte, holte Anthony zwei Flaschen Rotwein und fragte mich, ob ich Alkohol tränke.

»Na klar«, schrie Patrick, bevor ich ein Wort sagte. »Die Kinder von heute trinken bereits mit zwölf Jahren Alkohol. Ach, diese Welt.«

Ich ergänzte, dass ich zwar Alkohol trank, aber nicht viel. Ein Glas würde mir reichen.

»Gut my son, gut. Aber das is Wein. Wein is kein Alkohol. Wein is Wein. Ich hab Bier auch, when du wills.«

»Nein, danke, ich nehme den Wein«, stotterte ich.

Während Anthony eine Flasche öffnete, schaute ich mich um. Sein Wohnzimmer war groß mit zwei breiten Fenstern und eine Tür, die auf einen Balkon hinausging. Da er auf der vierten Etage wohnte, konnte man das Licht in den anderen umgebenden Wohnungen bemerken. Alle zehn Minuten hörte man die Straßenbahn vorbeifahren.

Im Wohnzimmer leuchtete eine orientalische Lampe über unsere Köpfe und strahlte ein warmes, gelbes Licht aus. Da der Fernseher aus war, konnte ich das Spiegelbild der Lampe gut wahrnehmen. Es war wunderschön und glänzte. Ich versuchte meine Gestalt im Fernseher zu erkennen, aber ich konnte es nicht. Also ließ ich es dabei.

Außer dem Sofa waren noch vier Sessel im Wohnzimmer. Auf drei saßen Patrick, Steves und Robert, der Deutsche und Arbeitskollege von Anthony. Ich warf einen Blick auf die Wand hinter Robert und Patrick. Anthony hatte eine riesige Weltkarte daran gehängt. Die Karte nahm fast fünfundneunzig Prozent der Wandfläche ein. Ich konnte sogar von meinem Sitzplatz aus mein Land Benin erkennen, das neben Nigeria plötzlich so klein erschien.

»Mein Kleiner, das ist eine große Karte, ne? Kannst du dein Land erkennen?«, brüllte Patrick.

»Ja, das ist neben Nigeria. Ich komme aus Benin«, antwortete ich stolz.

»Was? Du bist ein Beniner? Mon Dieu! Hast du Voodoo? Hast du, ne? Ah die Beniner. Alle kennen euch«, schrie Patrick, der aus Côte-d'Ivoire stammte.

»Ach Patrick!«, sagte Steves. »Du mit deinem Aberglauben«

»Nein, das ist kein Aberglaube! Du verstehst nicht, mein Freund. Voodoo ist gar nicht gut. Ganz schrecklich«, erwiderte er.

Ich merkte, dass ich etwas sagen musste. Denn Anthony sagte gar nichts. Sein Verhalten überraschte mich. Sonst mischte er sich immer ein. Und sein Kollege Robert war anscheinend eher ein ruhiger Typ. Also musste ich Patrick antworten:

»Großbruder!«, fing ich an. »Ich verstehe deine Angst, großer Bruder. Aber die ist nicht berechtigt. Und du bist nicht der einzige Afrikaner, der so was vom Voodoo denkt. Zuerst musst du wissen, dass jede Sache auf dieser Erde ihr Pendant hat: was wir das Gute und das Böse nennen, sind zwei Seiten ein und derselben Medaille, sowie die Kälte und die Wärme, das Große und das Kleine, das Sichtbare und das Unsichtbare, das Weibchen und das Männchen, die Frau und der Mann. Ohne das Eine würde das Andere nicht existieren. Und…«

»Aber man kann wählen, das Gute oder das Böse zu tun. Du hast bestimmt eine Voodoo-Puppe zu Hause, oder?«, unterbrach er mich.

»Moment, lass mich doch ausreden!«, sagte ich noch.

Es herrschte eine Stille im Raum, die mir dann ermöglichte, weiter zu reden:

»Also, guck mal. Das, was ihr als Böse betrachtet, basiert nicht mal auf eine Theorie des Bösen. Der Voodoo ist für die Völker in meinem Land das, was das Christentum und der Islam für Christen und Muslimen sind. Mittlerweile finden die letzten beiden Religionen auf dem afrikanischen Kontinent einen fruchtbaren Nährboden. Der Voodoo ist also eine Religion, die wie der Islam und das Christentum den Monotheismus innehat. Ich würde sagen, dass Voodoo mehr als eine Religion ist. Das ist eine Spiritualität, eine Lebensart.

Man unterscheidet drei Dimensionen in der Voodoo-Religion: die Initiation, das heißt die geheime Welt, die nur betreten werden darf, wenn der Mensch ein bestimmtes Ritual durchlaufen hat. Mit der Initiation empfängt er die Schlüssel, die alle Türen zum Mysterium öffnen und einem erlauben, Rituale durchzuführen, zu leiten oder mit einer bestimmten Gottheit in Kontakt zu kommen. Also hier wird man zum Priester ernannt. Dann hast du die spirituelle Dimension. Sie beinhaltet die Philosophie, die Denkweise und die Weltanschauung der Spiritualität. Letztendlich hast du die kulturelle Dimension mit den Gesängen und Tänzen. Was soll daran böse sein?«

Nach diesen Worten hatte ich etwas Durst. Ich nahm mein Glas, hob es hoch und alle nickten mir zu. Während ich trank, ergriff Steves das Wort und sagte:

»Du hast von Monotheismus gesprochen und gleichzeitig erwähnst du Gottheiten. Für mich klingt das, als ob es im Voodoo viele Götter gäbe.«

Obwohl er keine Fragen gestellt hatte, musste ich ihm antworten, denn er schwieg.

»In der Voodoo-Religion gibt es einen einzigen Gott, der Allmächtige, der Himmel und Erde sowie alles zwischen Himmel und Erde geschaffen hat. Er ist für uns einfache, sterbliche Menschen nicht greifbar. Für uns ist er so heilig, dass wir mit ihm nicht direkt kommunizieren können. Dafür brauchen wir die Hilfe von Vertretern, die aufgrund ihrer Macht, die unserer überlegen ist, mit dem Allmächtigen sprechen können.«

»Woher kommt es dann, dass das Voodoo als böse angesehen wird?«, wollte er noch wissen.

Ich richtete mich auf und erklärte:

»Danke für deine Frage. Im Zentrum der Voodoo-Religion stehen der Mensch allein und sein Wille. Im Gegenteil zu den offenbarten Religionen ist die Vorstellung im Voodoo die eines Gottes, der unendliche Energie ist. Aus dieser Energie stammt alles und alles lebt durch und in dieser Energie. Gott hat in jedem Wesen einen Teil seiner Energie gelassen. Vergessen sie es nicht! In der Voodoo-Religion gibt es nur einen einzigen Gott. Zu ihm gelangen unsere Gebete mithilfe der Ahnen, aber auch der Gottheiten. Die Natur wimmelt von unsichtbaren Wesen, die von Gott gegebene übernatürliche Kräfte besitzen.

Als Energie haben diese Wesen keinen Willen und können nichts von sich selbst aus machen. Und wie ihr wisst, besteht Energie aus einem negativen Pol und einem positiven Pol. Die eingeweihten Menschen können die Energie manipulieren und sie zum Guten oder Bösen nutzen. Eines ist aber sicher: ein Voodoo-Priester kann nie den einzigen, allmächtigen, ungreifbaren Gott rufen, um Böses zu tun. In der Voodoo-Religion wird Moral, Nächstenliebe und Wohltätigkeit gepredigt.«

Ich wollte noch etwas sagen, aber Anthony, der inzwischen aufstand, in die Küche ging und nun zurückkam, stoppte mich:

»Ne, das reich, das reich! Voodoo, Voodoo! Ich bin Christian und ich möchte nich über Voodoo sprechen, okay Patrick?«

Patrick richtete sich auf, um ihm zu antworten, aber ich sagte schneller:

»Aber Anthony, wir können nicht über Afrika reden, ohne über Religionen zu sprechen. Die Religion ist ein vollständiger Teil der Geschichte Afrikas.«

Anthony runzelte die Stirn. Es war das erste Mal seit heute Vormittag, als wir uns trafen, das ich ihm widersprach. Patrick nickte als ich fertig war, fügte aber hinzu:

»Thony hat Recht. Wir sprechen später darüber. Aber du musst wissen: ich habe keine Angst vor dir, okay?«

»Okay«, lächelte ich.

Ich wollte mein Glas nehmen, als eine Frau in das Wohnzimmer kam und uns mit einem »Guten Abend«, anlächelte. Ich hatte sie vorhin schon bemerkt, als ich tief in meinen Erklärungen zum Voodoo war. Sie hatte Teller mitgebracht und sie auf den Esstisch hinter Robert gestellt. Da alle mir zuhörten, konnte sie uns nicht grüßen. Also verschwand sie, wie sie gekommen war.

Jetzt stand sie vor uns. Sie trug eine grüne enge an den Knien zerrissene Jeans, die ihre Beine in zwei Teile zerlegte. Ihr kurzärmeliges Hemd war aus einem sehr bunten Stoff mit unterschiedlichen Tiermotiven angefertigt worden: ein Löwe, ein Elefant, eine Giraffe, ein Affe und viele andere. Das Hemd hatte zwei Taschen, in denen ihre Hände steckten. Als sie uns grüßte, holte sie ihre linke Hand aus der Tasche und winkte zu uns.

»Unsere Frau!«, sagte Patrick mit einer Begeisterung, die ich bei ihm nicht bemerkt hatte. Und er fuhr fort:

»Du bist immer hübsch. Wie machst du das?«

»Nein, ICH mack das!«, antwortete Anthony an der Stelle seiner Frau. »Ich mack das! Frag sie! Sie muss fur mich perfekt sein. Ich bin nich irgendjemand. Meine Frau muss also perfekt aussehen.«

Ich war erstaunt, dass er den letzten Satz fehlerfrei und fast ohne Akzent aussprach. Als hätte er ihn auswendig gelernt. Vielleicht sprach er auch anders, wenn seine Frau neben ihm stand. Mal sehen.

Die Frau von Anthony hieß Sonia. Sie war Deutsche und in Bielefeld geboren. Als Anthony nach Bielefeld kam, hatte er in einer Gastfamilie gewohnt, der Familie von Sonia. Da hatten sie sich kennengelernt und sich verliebt. Oder wie Anthony es sagte: Sonia hatte sich in ihn verliebt. »Ich war immer schick and fresh. Sie must mich lieben. Sie must«, sagte er.

Sonia nahm Platz an der rechten Seite ihres Mannes, so dass er sich jetzt in unserer Mitte auf dem Sofa befand. Anthony gab ihr ein Glas voll Wein und hob seines hoch. Wir alle taten das gleiche und tranken wie Kamele aus dem Norden Ägyptens. Robert leckte sich die obere Lippe, als hätte er etwas Süßes getrunken und fragte mich:

»Also junger Mann, studierst du hier?«

»Ja, hier an der Universität«, antwortete ich.

»Und was? Wenn ich fragen darf?«, wollte er wissen.

»Sprachwissenschaft und Politik«, antwortete ich.

Sonia, die meine Antwort nicht verstand, fragte erstaunt:

»Spaßwissenschaft?«

Alle lachten laut. Patrick lachte so laut, dass er anfing, stark zu husten. Er bekam Schleim im Mund und musste zur Toilette gehen. Als er ging, warf ihm Anthony zu:

»My Freund, Zigarette is nich gut. Du must stoppen.«

Wir lachten alle wieder. Steves erinnerte uns an den Grund, weshalb wir das erste Mal lachten und Patrick so stark husten musste, dass er ins Bad gehen musste.

»Liebe Sonia«, sagte er zwischen zwei Gelächtern. »Nicht SPAßwissenschaft, sondern SPRACHwissenschaft.«

»Ach soooo!«, antwortete Sonia. »Ich hatte das Wort akustisch nicht verstanden. Es tut mir Leid.«

»Und? Macht das Studium Spaß?«, fragte sie mich, nachdem sie auch gelacht hatte.

»Ja, ja«, sagte ich lächelnd.

»Du sprichst aber gut Deutsch. Seit wann genau bist du in Deutschland?«, fragte Robert anschließend.

»Sechs Monat, er is here in Deutschland. Ganz fresh. Ganz fresh«, verletzte Thony die deutsche Sprache.

»Seit nur SECHS Monaten bist du hier? Das gibt es ja nicht!«, schrie Robert.

Und fuhr fort: »Du hast aber Deutsch in deiner Heimat gelernt, oder?«

»Ja, zwei Jahre lang habe ich gelernt. Aber beim Sprechen habe ich immer noch Schwierigkeiten«, antwortete ich.

»Ach was! Du sprichst ja fast perfekt! Ich kenne viele Menschen, die seit vielen Jahren hier leben und sich nicht so gut ausdrücken können.«

Da schaute Sonia ihren Mann Thony an und sagte:

»Ja, ich kenne auch jemanden, der hier seit langem lebt und Deutsch ohne Englisch nicht sprechen kann.«

»Ich hab all the time auf dich aufgepasst!«, rechtfertigte sich Thony.

»Es heißt: ich habe mich um dich gekümmert«, korrigierte ihn Sonia.

Da fühlte sich Thony verletzt und sagte gar nichts mehr.

Es war still im Wohnzimmer und die Atmosphäre war etwas unangenehm.

Plötzlich hörten wir eine Stimme, die so laut war, dass alle zusammenzuckten.

»Thony, du hast aber Deutschkurse gemacht, oder?«

Das war natürlich Patrick, der aus der Toilette kam und die unangenehme Stille brach.

»Nein, ich hab kein course gemacht. Sonst, ich wäre heute nicht Productionshilfer.«, antwortete Thony.

»Keine Sorge mein lieber Thony, Integration ist nicht nur Sprache«, tröstete ich ihn.

Sein Gesicht wurde erleuchtet. Er räusperte sich laut, klopfte mich auf die Schulter und sagte:

»Danke my son, danke. Ich weiß, du bis a guter Mann. Ich braucke kein Sprache.«

»Wie bitte?«, fragte Robert. »Sprache ist das A und O bei der Integration. Also ohne Sprache geht es nicht.«

»Ja Robert, ich weiß«, rechtfertigte ich mich. »Du hast Recht. Die Sprache der Gesellschaft zu lernen, in der man als Ausländer etikettiert wird, ist aber nur ein Teil des Integrationsprozesses. Ich finde noch wichtiger, die Kultur und die Lebens- und Denkweisen dieser Gesellschaft kennenzulernen. Warst du schon mal in Berlin?

Ein Freund von mir aus Lateinamerika lebt seit fünf Jahren in Berlin. Sein Deutsch ist gerade mal auf Anfängerniveau. Er kann dir aber sagen, wie die Deutsche denken und welche Feste sie feiern. Er war mehrmals auf dem Oktoberfest in München gewesen. Er kann dir die Grundrechte und die Pflichten von Bürgern in Deutschland nennen. Das Partei- und Wahlsystem Deutschlands kennt er auswendig. All das kennt er gut. Soll nun seine Integration an der Sprache scheitern? Nein. Er ist meines Erachtens voll integriert.

Ich finde es schade, dass man nur auf das Erreichen eines Sprachniveaus absieht und die für das Alltagsleben viel wichtigeren Faktoren, wie zum Beispiel das Leben miteinander, die praktischen Fertigkeiten und Kompetenzen des Individuums übersieht.

Ich gebe dir ein anderes Beispiel: In den Sprach-schulen wird nur noch für Prüfungen gelernt. Jede Kursteilnehmerin, jeder Kursteilnehmer besucht morgens oder nachmittags oder auch abends Deutschkurse, nur um am Ende eine Prüfung abzu-legen; für die meistens ist es der Deutschtest für Zuwanderer.

Der Sprachkurs dauert sechshundert Stunden, al-so ca. sieben Monate, während deren die Kursteil-nehmer Fertigkeiten zur fortgeschrittenen Sprach-verwendung lernen müssen. Sieben Monate, um Sprachkompetenzen zu erwerben, die hier seit mehreren Jahren lebende Menschen nicht haben. Dabei wird der Fokus weniger auf die Möglichkei-ten gelegt, sich an Aktionen in der Gesellschaft zu beteiligen, als auf die Grammatik und die sprachli-chen Strukturen der deutschen Sprache.

Nach dem regulären Sprachkurs belegen die Sprachkursteilnehmer einen weiteren sogenannten Orientierungskurs mit einhundert Stunden. In die-sem Kurs lernen sie die politische, wirtschaftliche, historische sowie kulturelle Seite Deutschlands kennen. Die Prüfung „Leben in Deutschland" schließt den Kurs ab. Sie besteht darin, dreiund-dreißig Fragen mit Mehrfachantworten zu bearbei-ten. Hat man fünfzehn Antworten richtig gelöst, so ist die Prüfung bestanden.«

»Hm, zu viel mein lieber Intellektueller. Ich habe Hunger«, unterbrach mich Patrick.

»Moment, was ich sagen wollte ist, anstatt die Auswanderer erst mal nur mit einem Sprachkurs zu konfrontieren, sollte man eher gleichzeitig mit deren Kompetenzen arbeiten.«

Robert schaut mich an und sagte:

»Du vergisst aber, dass es nicht so einfach ist, Menschen in unsere Gesellschaft zu integrieren, die andere Kulturen, Religionen und Sitten haben, als wir. Wie soll ich mich mit denen unterhalten, wenn sie nichts von meiner Sprache und ich nichts von ihrer verstehe? Ich finde, sie müssen erst einmal die Sprache lernen und dann können wir mit ihnen reden und dann können sie sich an Aktionen beteiligen.«

Da fiel ihm Steves ins Wort und sagte:

»Robert, ich finde, das ist genau umgekehrt. Sprachen lernen und soziales Engagement sollen nicht nacheinander geschehen. Dies würde dazu führen, dass Auswanderer sechs, sieben oder acht Monate lang und vielleicht noch mehr unter sich bleiben sollten bis sie das verlangte Sprachniveau erreichen. Das finde ich absurd. Der Integrationsprozess sollte sofort am ersten Tag ihrer Ankunft beginnen. Und Integration ist keine Einbahnstraße. Wie sollen die Menschen integriert werden, wenn sie fast ein Jahr lang unter sich leben müssen und auch wir Deutsche den ersten Schritt nicht wagen. Dies würde Stereotypen über uns Deutsche hervorrufen und die Distanz wird nur noch größer sein. Natürlich darf man nicht übertreiben; ich versuche nur etwas zu erklären.«

Sonia, Anthony und Patrick hörten uns die ganze Zeit zu. Ab und zu räusperte sich Anthony, schmunzelte und trank aus seinem Glas. Sonia war nur am Lächeln, als ob sie jedem Recht gab, aber ihre eigene Meinung nicht bilden konnte. Patrick saß tief in seinen Sessel gesenkt, sodass seine Füße nun die Ränder des kleinen Tischs in unserer Mitte trafen. Er gähnte laut ohne seine Hand vor den Mund zu nehmen und sagte:

»Das alles ist nur blablabla. Mir ist es egal, ob ich hier in Deutschland einen Platz oder eine Bedeutung habe. Mir ist es egal, ob meine Kultur anders ist. Ich habe kein Problem damit, mit Menschen zu leben, die mich nicht mögen. Deutsch ist nicht meine Muttersprache, daher ist es mir egal, ob ich es gut spreche oder nicht. Mir ist es auch egal, ob der Bürgermeister von Bielefeld schwul ist. Ich…«

»Homosexuell!, drohte ihm Sonia fast.

»Das ist das Gleiche. Also wir leben in einer Welt, die anders ist, als unsere. Wen kümmert es denn, was ich mache? Es werden immer und ewig die gleichen Stereotype und rassistische Bezeichnungen bleiben. Also, wir sollten einfach leben und nicht mehr.«

Ich war weniger von seiner Gleichgültigkeit erstaunt, als von der Tatsache, dass der Bürgermeister von Bielefeld homosexuell sei.

»Der Bürgermeister von Bielefeld ist homosexuell?«, fragte ich nach.

»Ja, mein Lieber«, antwortete mir Robert.

Ich blieb stumm.

»Du fasst es nicht, ne?«, ergänzte Patrick. »So ist es hier. Das ist eine andere Welt. Bei uns geht sowas einfach nicht. Deswegen sage ich: lebt einfach weiter! Das könnt ihr nicht ändern.«

»Ich mag nicht, mit welcher Herablassung du das sagst, Patrick«, erwachte Sonia aus ihrem stummen Schlaf.

»Du solltest unsere Kultur und Lebensart respektieren wie wir deine ebenso respektieren. Solange zwei Menschen sich lieben, sehe ich kein Problem. Und das hat auch keinen Einfluss auf seine Arbeit. Also bitte. Ich frage mich, wieso ihr in Afrika keine Homosexuellen akzeptiert. Die Welt ändert sich. Wir leben nicht mehr im Mittelalter. Oder, Sprachwissenschaftler?«, musterte sie mich.

Ich verstand Sonia. Sie brauchte eine Antwort und die hatte ich.

»Meine liebe Sonia, ich habe nichts dagegen, dass hier jeder/jede heiraten darf, wen er/sie möchte. Ich war nur nicht darauf vorbereitet, dass die Sache schon so an Ausmaß genommen hat, dass es auch in den hohen Staatsämtern als normal angesehen wird. Aber ich akzeptiere es, obwohl das nicht zu meiner Kultur und zu den afrikanischen Kulturen passt. Das ist ihre Lebensweise. Ich muss es akzeptieren. In Afrika...«

»Good, good, Moment, wir können zusammenstoßen, bevor du spricks«, sagte Thony.

Er füllte die Gläser, die leer waren und wir alle hoben unsere Gläser hoch. Ein Glockenlärm ließ sich hören, wonach Schluckgeräusche folgten. Nachdem Patrick, gerülpst hatte und sich dafür entschuldigte, fuhr ich fort:

»Also, in vielen, wenn nicht alle Religionen Afrikas, zumindest Westafrikas, haben wir eine Vorstellung von einem androgynen Gott. Für uns ist Gott Mann und Frau in einem. Der männliche Teil in ihm kann ohne den weiblichen Teil nicht existieren.

Für uns ist unter anderem die Zeugung eine der wichtigsten Aufgaben des Menschen auf der Erde. Der Mensch soll diese Handlung Gottes auf keinen Fall unterbrechen. Nur so kann er weiterleben. Da für die Zeugung Mann UND Frau »benötigt«, werden, ist es unvorstellbar, dass sich zwei Menschen

von gleichem Geschlecht fürs Leben zusammen-
tun. Eine Zeugung ist somit nicht möglich und die
göttliche Handlung wird unterbrochen. Das bedeutet einen Verstoß gegen den Willen Gottes. Aus
diesem Grund wurde die gleichgeschlechtliche Ehe
verboten.

Das bedeutet aber nicht, dass es keine Menschen
gäbe, die eine Neigung für andere mit dem gleichen
Geschlecht hätten. Die gab es und gibt es bis heute.
Nun: Keiner ist Gott überlegen. Keiner weiß, warum Gott Mann UND Frau und nicht Mann
ODER Frau geschaffen hat. Daher glauben wir,
dass es eine Sünde sei, sich in einen Menschen mit
dem gleichen Geschlecht wie man selbst zu verlie-
ben und sogar Sex mit ihm zu haben.

Unsere Ahnen hatten aber eine Lösung gefunden, um eine solche Sünde zu vermeiden. Nämlich
die Beschneidung; sowohl bei Jungen als auch bei
Mädchen. Bei Letzteren spricht man heute von
Grausamkeiten. Ich will hier die Beschneidung
nicht beurteilen oder dafür sprechen. Ich möchte
nur sagen, warum diese eingeführt wurde, und zwar
nicht einfach, um Jungen und Mädchen weh zu tun
und vor allem Mädchen das Vergnügen beim Sex
zu entziehen.

Wie ich gesagt habe, glauben wir in Afrika, dass
Gott sowohl Mann als auch Frau in sich eint. Da

wir Menschen Kinder Gottes sind, ist es selbstverständlich, dass wir auch diese sexuelle Ambiguität haben. Nach der Vorstellung unserer Ahnen bildet die Vorhaut bei Jungen das Weibliche in ihm, während es bei Mädchen der Kitzler ist, der das Männliche darstellt. So muss man beide Teile wegschneiden, um der jeweilige Mensch in seinem dominanten, sichtbaren Geschlecht zu »fixieren«. Wenn sich trotz Beschneidung ein Mann von einem anderen oder eine Frau von einer anderen angezogen fühlt, spricht man von einem bösen Geist. Dafür gibt es bestimmte Ritualen. Verweigert sich derjenige oder diejenige, sich diese Ritualen zu unterziehen, wird er oder sie aus der Gesellschaft verbannt. Ich kann nicht alles ausführlich beschreiben, sonst würden wir hier bis morgen sitzen. Aber das sind zwei Gründen, warum die Homosexualität bei uns schlecht angesehen ist.«

Robert seufzte und schaute auf die Uhr. Wir alle verstanden, was er meinte.

Sonia kündigte, dass wir nun essen könnten. Alle lachten und richteten sich auf.

Was danach folgte war ein gemütliches, freundliches Zusammensein. Der Reis schmeckte etwas anders als bei mir. Sonia hatte viele Gemüse und ein Zutaten namens *Curry* hineingetan. Diese Zutat kannte ich nicht. Es schmeckte auf jeden Fall gut.

Die Erdnusssoße war die Krönung. Genau mein Geschmack. Sonia konnte wirklich wie eine afrikanische Frau kochen. Besser gesagt: sie konnte afrikanische Gerichte gut kochen. Noch besser: sie war eine afrikanische Frau.

Als ich an diesem Tag nach Hause kam, spürte ich noch den Wein in meinem Kopf. Der Geschmack der Erdnusssoße machte noch einen Spaziergang von meinem Mund durch meinen Kehlkopf bis hin zu meinem Magen. Das gefiel mir.

Anthony versprach mir, mich ab und zu einzuladen. Er sagte mir, dass ich nicht allein zum Afroshop gehen sollte und mahnte mich nochmal wegen der Tochter von Ali, die an der Kasse arbeitete. Ich nicht sollte mit ihr reden. Ich lachte und stimmte zu.

Als er mich zur Bahnhaltestelle begleitete, entschuldigte er sich bei mir dafür, dass er mir heute Vormittag, als wir im Afroshop waren, empfohlen hatte, hier zu bleiben. Europa sei nichts für

Afrikaner wie mich, meinte er. Denn ich hätte ein Ziel: zurückzukehren und zur Entwicklung meines Landes beitragen. Er hatte kein Ziel, als er vor dreißig Jahren hierher kam. Er wollte einfach leben. Das sei sein Fehler gewesen.

»Die Welt ist eine Reise, die Nachwelt ist zu Hause.«
*Sprichwort aus Benin*